KB175568

나, 오늘부터 **그냥 잭**

나, 오늘부터 그냥 책

케이트 스콧 지음 ─ 정진희 그림 ─ 이계순 옮김

푸른숲주니어

· 차례 ·

여섯 번째 학교

오늘은 여섯 번째 이삿날이다.

"이상하네. 분명 '티타임용'이라고 적힌 상자를 열었거든."

엄마가 발밑에 있는 상자를 가리키며 말했다. 머그잔과 티
스푼을 찾으려던 것이겠지만, 그 상자에는 냄비와 콩 통조림
두 개, 깡통 따개, 목욕용 스펀지가 들어 있을 뿐이었다.

이제 내가 나설 차례였다. 그대로 두면 엄마는 아마 다음
주까지도 티타임용 상자를 찾지 못할 테니까.

"이건 '저녁 준비용' 상자예요. 기억 안 나세요? 이사 가자
마자 저녁 준비를 하고 싶지 않다고 하셨잖아요."

내 말에 엄마가 이마를 툭 치며 (참고로, 목욕용 스펀지는 엄마가 이곳저곳에서 온갖 용도로 쓰곤 한다.) 너더분한 상자들을 훑었다. 찾고 있는 물건이 짜잔! 하고 스스로 튀어나오기라도 할 것처럼.

"아, 그랬지! 그럼 티타임 용품은 어디에 있으려나."

나는 한숨을 쉬는 대신 문 옆으로 걸어갔다. 그리고 투명 플라스틱 상자를 들어 식탁 위에 올려놓았다.

"제가 그랬죠? 이렇게 하면 쉽게 찾을 수 있다고요."

속이 훤히 들여다보이는 상자 한쪽을 손가락으로 콕 찍었다. 뽁뽁이로 싼 울퉁불퉁한 물건, 그건 분명 머그잔이었다.

"어머, 여기 있었네! 잭, 네 덕에 살았어."

"다음에는 말이죠…….”

내가 한마디 하려 하자 엄마가 불쑥 말을 가로챘다.

"다음은 없을 거야. 이번에는 진짜라고. 상황이 달라졌다니까."

나는 아무 말도 하지 않았다. 엄마는 모든 것이 바뀌었다고, 여기서 오래 살 거라고 확신했다. 하지만 그럴 리 없다는 것을 잘 알았다. 엄마는 이번에도 틀릴 게 뻔했다.

그도 그럴 것이 지난 2년 동안, 우리 집은 다섯 번이나 이

사를 했다. 그 덕분에 나는 이삿짐을 어떻게 싸야 빠르고 효율적인지, 이사 갈 때 가져갈 만한 가치가 있는 물건과 그렇지 않은 물건을 귀신같이 구별해 내는 방법을 터득했다. 그리고 무엇보다 이사하지 않는 우리를 더 이상 상상할 수 없게 되었다.

엄마가 차 끓일 준비를 하는 동안, 나는 간식을 사러 밖으로 나갔다. 그 순간, 벽돌담 앞을 서성이는 내 또래의 여자아이와 남자아이가 보였다. 새 학교는 길을 두 번만 건너면 되니까, 아마도 그 학교에 다니는 아이들일 확률이 높았다.

나는 '셜록 코드'를 따르기 위해 일부러 천천히 걸었다. 셜록 코드란 내가 만든 일종의 생존 전략으로, 우리 가족이 밥 먹듯 자주 이사하게 되리라는 걸 알았을 때 미리 정해 두었다. 그간 이사를 여러 차례 다니면서 다음과 같은 교훈을 얻었기 때문이다.

'나를 드러낼 자신이 없다면, 차라리 다른 누군가가 되도록 노력하라.'

아무튼 셜록 코드의 첫 단계는 '주의 깊게 살피고 귀 기울여 듣기'이다. 나는 그 애들한테서 최대한 많은 정보를 얻기 위해 흘끔흘끔 곁눈질을 하면서 귀를 기울였다. 그리고 다음과 같은 사실을 알아냈다.

첫째, 토요일인데도 두 사람은 축구 유니폼을 입지 않았다.
둘째, 여자아이는 캡틴 아메리카, 남자아이는 아이언맨 티셔츠를
입었다.
셋째, 둘 다 빨간색 운동화를 신었다.

나는 가게로 가는 척 자연스럽게 그 옆을 지나치며 둘의
대화를 엿들었다.
"투덜이 마크가 새로 올린 영상, 진짜 끝내줬어. 엄마도 엄
청 웃었잖아!"
"맞아, 끝내줬지."
아이언맨의 말에 캡틴 아메리카가 깔깔대며 맞장구를 쳤
다. 투덜이 마크가 누군지는 모르겠지만, 저렇게 자지러지는
걸 보니 꽤 재미있는 사람인 모양이었다.
나는 셜록 코드를 계속 따랐다. 대화를 더 들어 보니, 두 사
람은 남매인 것 같았다. 나이가 비슷해 보이는 걸로 봐서 쌍
둥이일지도 모르겠다. 그리고 새 학교는 예전 학교들처럼 운
동을 강요하지는 않는 듯했다.

다행이었다. 운동을 좋아하는 내게도 세 번째 학교는 좀 심한 편이었다. 거기에는 한때 올림픽 육상 종목에 선수로 참가했던 선생님이 있었는데, 자신이 직접 뛸 수 없게 된 이상 프로 선수를 키워 내기로 작정한 사람 같았다.

그런 선생님의 기대에 부응하기라도 하듯, 그 학교 아이들은 친구랑 어울려 노는 것보다 육상 경기를 더 좋아했다. 그러니까 운동장 달리는 것을 무척 재미있게 여겼다는 거다. 육상이 아니라 축구였을 뿐, 다섯 번째 학교도 거의 비슷했다.

쌍둥이가 입은 티셔츠는 꽤 좋은 징조였다. 두 번째와 네 번째 학교에서 사귄 친구들 덕분에, 나는 이미 그쪽으로 빠삭했다. 잘 알려지지 않은 뒷이야기나 별로 알고 싶어 하지 않는 내용까지, 마블 캐릭터와 관련된 것이라면 무엇이든 줄줄이 꿰고 있었다.

산뜻한 출발이었다. 여섯 번째 학교에서 어떻게 살아남을지, 그 첫 번째 정보를 얻은 셈이니까. 나는 집에 돌아가는 대로 투덜이 마크를 검색해 봐야겠다고 생각하면서, 부디 쌍둥이가 칭찬한 만큼 재미있기를 간절히 바랐다.

투덜이 마크는 '못 참을 정도로 싫어하는 것들'에 대해 이야기하는 유튜버였다.

일단 가장 싫어하는 건 동글동글한 방울 양배추와 짭짤한 마마이트 스프레드였다. 그다음은 줄을 서서 기다리는 일, 대리석 같아 보이는 블루치즈, 까끌까끌한 스웨터, 비를 막지 못하는 버스 정류장의 지붕 순이었다. 그 외에도 여기저기 붙은 껌딱지, 주관식이 많은 수학 시험, 급식에 나온 감자튀김, 너무 진하거나 연한 그레이비소스, 방 안을 가득 채운 냄새와 종이 집게도 질색했다.

그 마음을 나타내듯 영상에서는 번쩍거리는 불꽃과 화난 표정의 이모티콘이 쉴 새 없이 등장했다. 그것도 모자라, 고양이가 꼬리를 밟혔을 때 낼 법한 앙칼진 울음소리가 효과음으로 튀어나왔다.

나는 투덜이 마크의 의견에 대부분 동의했다. 종이 집게만 빼고. 내게 종이 집게는 전혀 불쾌한 물건이 아니었지만, 투덜이 마크는 무려 5분이나 쉬지 않고 불평을 해 댔다. 누가 봐도 억지스러웠다. 게다가 재생 목록에는 다른 영상도 너무 많아서 과연 세상에 좋아하는 게 있기는 한지 궁금해질 정도였다.

그러면서도 한편으로는 싫어하는 것들에 대해 이야기하고

싶은 마음이 어느 정도 이해가 되기는 했다. 나 역시 많은 것들을 '좋아하는 척'하고 있기 때문이었다.

특히나 전학 첫날은 '먹잇감'이라고 쓰여 있는 팻말을 목에 걸고 정글에 들어가는 것과 비슷한 기분이 들곤 했다. 그래서 새로운 곳에 가면 늘 새로운 사람으로 변신해야 했다. 나를 포장하기 위해 거짓말을 하는 게 좋지는 않았지만, 그렇게라도 해야 살아남을 수가 있었다.

아무튼 나는 30분 만에 투덜이 마크의 특징을 완전히 파악했다. 그리고 누가 봐도 그동안 쭉 구독했던 사람처럼 보일 수 있을 거라고 확신했다.

엄마, 아빠, 그리고 나

우리 가족은 세 명이었다. 우선은 우리 아빠……

어렸을 때 나를 돌보는 일은 아빠 몫이었다. 나는 아빠와 노는 것이 정말 좋았다. 평범한 일상도 아빠와 함께하면 놀이였기 때문이다. 예를 들면, 아빠는 목욕을 할 때 비누 거품을 잔뜩 만들었다. 그 속에 장난감을 숨겨 두고서 '잡아먹으러 간다!' 하고 소리치며 추격전을 펼치거나, 플라스틱 잔에 거품을 가득 담고서 차를 나눠 마시는 시늉을 했다. 내가 거품 차를 건네면 아빠는 무지무지 맛있는 것처럼 쭉 들이켜는 시늉을 한 뒤 입맛을 쩍 다셨다.

아빠는 성대모사의 달인이기도 했다. 책을 읽어 줄 때면 캐릭터에 맞춰 으르렁거리거나 빽빽거리는 등 다양한 톤의 목소리를 냈다. 물론 억양에는 평소의 습관대로 사투리가 섞여 있었지만, 내게는 전혀 거슬리지 않았다. 거기에 변장이 더해지면 그 어느 구연동화보다 재미있고 생생했다.

아빠는 중고 시장에서 특이하고 화려한 옷을 찾곤 했다. 심지어 집에 소품으로 가득 찬 '변장 용품 상자'가 따로 있을 정도였다. 그중에서도 파란 띠가 둘러진 밀짚모자와 부드러운 천으로 만든 빨간 망토, 파란색과 하얀색이 섞인 줄무늬 목도리, 그리고 알록달록한 인조 모피 코트는 내가 가장 좋아하는 소품이었다.

아빠는 동화 속 인물로 변장한 채 이리저리 손짓을 하며 방 안을 돌아다녔다. 엄마는 아빠가 내 잠을 깨우고 있다며 투덜댔지만, 그렇게 말하는 얼굴에 웃음이 가득했다. 어떨 때는 옆으로 슬쩍 와서 같이 듣기도 했다.

그래서 아빠가 할머니를 간호하기 위해 몇 주간 집을 비웠을 때는 진심으로 그리웠다. 거품 속에서 나를 쫓아오던 장난감,《괴물 그루팔로》를 읽을 때의 그르렁대던 목소리, 심지어 파란색과 하얀색의 줄무늬 목도리까지……

아빠가 돌아오는 날, 무작정 기다리고 있기가 힘들어서 엄마를 졸라 공항으로 같이 마중을 나갔다.

그날의 기억이 지금도 생생하다. 엄마는 아빠가 잘 보이도록 나를 허리 위로 들어 올려 안고 있었다. 도착 예정 시각이 지나고 얼마간 기다리자 입국장 문이 천천히 열렸다. 드디어 아빠가 나타났다. 길게 자란 수염으로 얼굴이 덥수룩한 데다, 유리창에 눌렸는지 머리카락이 한쪽으로 죄다 쏠려 있었지만. 그래도 분명히 아빠였다.

"아빠다, 우리 아빠!"

나는 저 멀리에 있는 아빠가 금세 손에 잡히기라도 할 것처럼 두 팔을 쭉 뻗었다. 때마침 엄마와 내 쪽으로 향한 아빠의 얼굴에 함박웃음이 번졌다. 나는 붕 떠서 아빠에게로 곧장 날아가 버릴 것만 같은 기분이 들었다.

그리고 엄마…….

엄마는 지금 당장 해결해야 할 문제를 팽개치고 다른 문제로 끝없이 넘어갈 수 있는 사람이다. 예를 들어, 엄마가 양치질을 하려고 화장실에 갔다고 하자. 칫솔을 집어 드는 순간, 휴지가 떨어진 걸 알아차리고는 잊기 전에 적어 두려고 메모지와 펜을 찾아서 온 집 안을 헤맨다. 그러다가 거실 책상에서 컴퓨터에 뜬 메일 알람을 보게 되겠지. 그러고 나서 10분쯤 뒤, 나는 칫솔을 귀에 꽂은 채 고양이 영상을 보면서 폭소하는 엄마를 발견하게 될 것이다.

엄마는 거의 매일 뭔가를 잊어버리지만, 신기하게도 큰 문제가 닥쳤을 때는 누구보다 해결을 잘했다. 이건 순전히 '해결사 닌자 모드' 덕분이었다. 이때의 엄마는 누군가의 손가락이 잘리는 사고를 코앞에서 목격해도 절대 허둥대지 않는다. 그저 손가락을 집어 들고서 어떻게 하면 다시 이어 붙일 수 있을지 알아내는 데만 집중할 뿐……

이런 성격은 엄마가 방송국에서 프로듀서로 일했기 때문인지도 모른다. 프로듀서 일은 매분 매초가 위기 상황이라고 하니까. 그래서 문제가 생겼을 때 스트레스를 최대한 적게 받으면서 빨리 해결할 수 있는 방법을 터득한 모양이었다.

해결사 닌자 모드가 켜지면 엄마는 완전히 다른 사람이 되었다. 평소라면 머리를 반만 묶은 채 멍한 표정으로 돌아다니지만, 이때는 눈빛이 번쩍 빛나면서 단단하게 바뀌었다. 목소리도 한결 침착해지고 느려졌다. 마치 누군가에게 최면을 걸거나 허튼 생각을 하지 못하도록 설득할 때처럼. 얼핏 보면 피도 눈물도 없이 냉정한 것 같지만, 사실은 해야 할 일을 재빠르게 처리하고 있을 뿐이었다.

아빠가 우리를 떠나던 날 저녁에도 그랬다. 엄마는 아빠를 도와 차에 짐을 싣는 내내 아주 무심한 표정을 짓고 있었다. 아빠가 우리에게 어떤 존재였는지 그 누구도 짐작하지 못할 정도로…….

그리고 마지막으로 나…….

어떤 사람의 겉과 속을 모두 알아야만 그 사람을 잘 안다고 말할 수 있는 거라면, 이 세상에서 나를 잘 아는 사람은 아무도 없을 것이다. 집 밖에서의 나와 집 안에서의 나는 완전히 다르기 때문이다.

집 밖에서의 나는 어떤 사람을 연기해야 할지 파악하기 전까지 오락가락한다. 대본 없이 즉흥 연기를 하는 것과 비슷하다고나 할까? 하지만 집 안에서의 나는 엄마의 상태를 살피고는 해야 할 일을 잽싸게 떠올린다. 바로 지금처럼.

"엄마, 제가 저녁 준비할까요?"

엄마가 손을 멈추고 풀린 눈으로 나를 쳐다보았다. 열린 상자 옆에는 이불과 주방 세제, 보석함, 플라스틱 화분 다섯 개가 흩어져 있었다. 저 상자는 엄마가 꾸린 게 분명했다.

"그래 줄래? 안 그래도 저녁 차릴 힘을 어디서 끌어오나 싶었거든."

"좋아요. 조금만 기다리세요."

엄마는 요리를 못하는 건 아니었지만, 엄청 즐겨 하는 편도 아니었다. 그래서 내가 칼을 다루어도 괜찮은 나이가 되자마자 기다렸다는 듯이 주방장 자리를 물려주었다.

나는 먼저 주변 상자들을 뒤져서 마른 행주를 찾아냈다. 그리고 레스토랑의 종업원처럼 한쪽 팔에 행주를 걸치고서 엄마한테 되돌아갔다.

"손님, 뭘 주문하시겠습니까? 껍질 콩을 땅콩버터에 버무려 드릴까요, 아니면 토마토소스에 초코 마시멜로를 얹어 드릴까요? 삶은 달걀에 파인애플과 해초, 고추 피클을 곁들여도 괜찮고요."

내 말에 엄마가 입술을 톡톡 두드리며 고민했다. 식사 시간이 되면 우리는 누가 더 괴상한 요리를 생각해 내는지 경쟁하곤 했다. 보통은 엄마의 승리였다. 몇 년 전에 〈찾아라! 기괴한 요리〉라는 프로그램을 맡은 덕분이었다. 거기서는 양배추로 만든 아이스크림이 최고라고 생각하는 사람들을 소개하곤 했다.

"음……, 스위트 콘에 오이 피클과 정어리, 초콜릿을 입힌 건포도를 넣고 버무린 게 좋겠군요. 메이플 시럽도 살짝 뿌려 주시고요."

오늘도 엄마를 이길 수 없었다.

"훌륭한 선택이십니다."

나는 부엌으로 돌아가 토스트를 바삭하게 굽고 통조림 콩을 얹은 뒤 소파로 가져갔다. 자리가 좁아서 불편하긴 했지만, 빈 상자를 뒤집어 대충 테이블로 삼은 뒤 텔레비전을 보며 저녁을 먹었다. 엄마가 내게 윙크를 날렸다.

"잭, 넌 정말로 최고야."

바로 이게 문제였다. 집에서 내 진짜 모습으로, '나 자신' 그대로 사는 건 매우 쉬웠다. 하지만 남들에게 보여 줄 모습을 꾸며 내는 건 그렇게 간단한 문제가 아니었다.

내 삶의 마지막 9분

두 사람에 대한 나의 추측은 정확했다. 그 아이들은 '리비'와 '이삭'이라는 이름의 이란성 쌍둥이였고, 나와 같은 학교에 다니고 있었다. 심지어 같은 반이었다.

두 사람은 교실에 들어선 나와 눈이 마주치자 고개를 한번 까딱여 주었다. 나도 눈으로 슬쩍 답인사를 했다. 그리고 선생님이 정해 준 자리에 가서 앉았다.

그동안 여러 번 이사를 하면서 다양한 유형의 선생님들을 만났다. 기력이 달려서 틈만 나면 가만히 있으려는 선생님, 학생들의 말은 듣지 않고 자기 이야기만 하는 선생님, 학부

모들에겐 친절하지만 학생들에겐 엄격한 선생님, 그리고 '젤리로 역사 속 위인 만들기' 같은 숙제들을 내 주는 재미있는 선생님이 있었다.

이번 담임인 툴 선생님은 에너지가 넘쳤다. 이런 유형의 특징은 잠시도 가만있지 못했다. 뭔가를 설명할 때면 손을 과도하게 움직였다. 아니나 다를까, 선생님이 과장되게 두 손을 맞잡으며 말했다.

"잭, 우리 반에 온 걸 환영한다. 장담하건대 반 친구들 모두와 사이좋게 지낼 수 있을 거야. 자, 그럼 일어나서 네 소개 좀 해 줄래?"

이미 자리에 앉았는데, 이제 와서 자기소개를 하라고? 썩 내키지는 않았지만, 어쩌면 리비와 이삭에게 선수를 칠 기회일지도 모른다는 생각이 들었다.

나는 자리에서 일어나 이름부터 말했다. 그리고 갑자기 생각났다는 듯이 어깨를 으쓱하며 자연스럽게 덧붙였다.

"아, 요즘에는 투덜이 마크의 영상을 좋아합니다."

내 말에 선생님이 활짝 웃음을 지었다.

"그래? 그렇다면 더욱더 잘 어울릴 수 있겠구나. 우리 반에도 투덜이 마크를 좋아하는 아이들이 있거든."

리비와 이삭을 힐끗 살폈다. 고개를 끄덕이며 눈길을 주고받는 것이 보였다. 적어도 두 명에게는 좋은 인상을 준 것이 틀림없었다.

나는 늘 셜록 코드대로 '안전한 친구' 두세 명을 방패막이 삼아 앞에 세워 두고서, 있는 듯 없는 듯 뒤로 물러나 있곤 했다. 그런 면에서 이삭과 리비가 완벽한 아이들이기를 바랐다.

그때였다. 어떤 남자아이가 불쑥 교실로 들어왔다.

"타일러!"

선생님이 깜짝 놀라는 듯이 반응하며 소리쳤다.

"오, 학교에 와 주어서 정말 고맙구나! 조금 늦긴 했지만 말이야."

"다 그럴만한 이유가 있었다고요."

타일러가 이를 드러내고 활짝 웃었다. 갑작스런 등장만큼이나 분위기가 심상치 않았다. 급하게 뛰어왔는지 검은색 곱슬머리가 사방으로 뻗쳐 있었고, 겉옷은 어깨 밑으로 흘러내려 너저분했다.

"예예, 그러시겠지요."

선생님은 이런 상황에 아주 익숙해 보였다. 하지만 선생님의 표정은 뭐랄까? 엄마가 집에서 물건을 '또' 잃어버렸다고 했을 때의 내 표정과 비슷했다.

"제가요, 가운데가 배배 꼬이는 치약이랑 부모님의 잔소리를 한 방에 해결할 수 있는 방법을 찾았거든요. 저희 집에 아래서부터 치약을 짜 주는 짜개가 있는데, 거기에 장치를 달아서 2분 동안 음악이 흘러나오게 만들었어요. 이를 얼마 동안 닦았는지 알 수 있도록이요. 완전 일석이조인 최고의 발명품이라고요."

"잘했구나! 그런데 그걸 꼭 학교 오기 직전에 만들어야 했을까?"

"하필이면 아이디어가 딱 그때 떠올랐으니까요!"

타일러는 당연하다는 듯이 말했고, 선생님은 고개를 절레절레 내저었다.

"타일러, 부탁이다. 아이디어는 제발 남는 시간에 떠올리면 안 되겠니? 아니면 만드는 것만이라도 그때 하든지. 응?"

"음, 노력해 볼게요. 하지만 선생님은 천재적인 영감이 언제 떠오르는지 절대 모르실걸요."

"타일러, 선생님은 네가 학교에 가야 할 시각이라는 걸 언제 떠올리는지가 더 궁금하다."

선생님의 말투는 엄했지만 화가 난 것 같지는 않았다.

선생님이 출석부로 고개를 돌리자, 타일러는 자기 자리로 잽싸게 가서 앉았다. 그러면서 내게 입 모양으로 '안녕?'이라 며 인사를 건넸다. 나는 고개를 살짝 끄덕여 주었다. 타일러 는 안전한 친구로 적당해 보이지 않았지만, 아직은 정확하게 판단할 수가 없었다.

얼마 뒤 쉬는 시간 종이 울리자, 타일러가 곧장 내 자리로 다가왔다.

"전학생이야?"

"그래, 안녕?"

타일러는 발뒤꿈치로 콩콩 뛰면서 인사를 건넸다. 그 순 간, 타일러의 신발이 눈에 들어왔다. 연두색 운동화에 깃털 같은 것들이 줄로 엮인 채 잔뜩 붙어 있었다.

타일러가 내 시선을 눈치챘는지 이렇게 말했다.

"낚시용 신발이야. 이것만 있으면 언제든지 플라이 낚시를 하러 갈 수 있거든. 아빠를 위해서 만들었어. 이건 견본이야."

플라이 낚시가 뭐람? 설마 공중에 떠서 하는 낚시는 아니 겠지? 신발로 어떻게 낚시를 한다는 건지 모르겠지만 굳이 물어보지는 않았다. 말을 많이 하는 것은 셜록 코드를 위반 하는 일이었다.

가만히 보니 타일러 몸에는 신발 말고도 이상한 게 주렁주렁 매달려 있었다. 손목에는 알록달록한 끈으로 엮은 팔찌가 여러 개 매여 있었고, 잠바에는 '세상을 놀라게 하라!' 같은 문구가 적힌 작은 배지가 다닥다닥 붙어 있었다. 그동안 여러 학교에서 수많은 친구를 만났지만, 타일러처럼 요란한 아이는 처음이었다.

잠시 얼이 빠져서 가만히 있는데, 타일러가 느닷없이 불쑥 물었다.

"자, 만약 네 삶이 9분밖에 남지 않았다면 뭘 할 거야?"

타일러의 눈빛에 왠지 모를 기대감이 가득했다.

"글쎄……, 잘 모르겠는데."

나는 책상에 책가방을 올려놓고 뭔가를 찾는 척하며 타일러의 시선을 피했다. 이제 그만 다른 곳으로 가 달라는 무언의 눈치였다. 하지만 타일러는 꼼짝도 하지 않았다.

"그럼 내가 먼저 말할게. 내 계획은 완벽하거든. 그다음에 네 생각을 말해 줘."

그러고는 아예 내 책상 귀퉁이에 걸터앉아 세상 편안한 자세로 다리를 앞뒤로 흔들었다.

나는 주변을 둘러보았다. 선생님이 타일러한테 책상에서

내려오라고 한마디 해 주기를 바랐다. 하지만 선생님은 조이라는 아이가 축구 가방 정리하는 걸 도와주느라 바빴다.

"나는 일단 좋아하는 사람들한테 전화를 걸어서 함께 만들었던 멋진 추억들을 되새기고 싶어. 그다음에는 곧장 가게로 가서 봉지 가득 도넛을 산 다음, 두 볼이 미어지게 먹을 거야."

얼결에 들었지만 꽤 괜찮은 계획이었다. 물론 나라면 엄마한테 전화를 걸고, 도넛 대신에 초콜릿을 먹겠지만.

그때 축구 가방을 다 정리한 조이가 우리 옆으로 와서 우뚝 멈춰 섰다.

"나는 구급차를 부를 거야. 너도 다 죽게 생겼으면 그렇게 해야지, 도넛 사느라고 낭비할 시간이 어디 있니?"

"누구도 널 살릴 수 없다면? 뭘 해도 9분 뒤에는 반드시 죽을 운명인 거야. 그러면 구급차를 기다리는 건 귀중한 시간을 낭비하는 거잖아."

"나는 희망을 버리지 않을 거야, 절대로. 우리 엄마가 그러는데 그게 내 가장 큰 장점이래."

조이는 말을 마치자마자 손에 들고 있던 축구 가방을 어깨에 휙 둘러멨다. 축구 가방이 붕 하고 날아 타일러의 얼굴을 아슬아슬하게 스쳤다.

"아니라니까! 내 말은……."

타일러가 흥분한 나머지, 책상에서 폴짝 뛰어내려 조이의 뒤를 졸졸 따라갔다.

"이건 게임 같은 거야. 질문을 있는 그대로 받아들여야 한다고."

"나는 그러고 싶지 않은데?"

조이의 태도는 매우 단호했다. 타일러는 내 쪽으로 몸을 휙 돌리더니 제 머리카락을 두 손으로 잡아당기며 비명을 지르는 것처럼 입을 뻐끔거렸다. 나는 도저히 참을 수가 없어서 그만 웃음을 터뜨리고 말았다.

한동안 타일러는 쉬는 시간이 되면 내 자리로 찾아왔다. 그럴 때마다 주변이 시끄러워져서 골치가 아팠지만, 그 문제는 얼마 지나지 않아서 해결되었다. 리비와 이삭이 나를 자기네 그룹으로 받아들였기 때문이다. 그런데 운동장에서 축구를 하는 타일러와 조이를 볼 때면 왠지 아쉬운 마음이 들기도 했다.

리비와 이삭은 친절하고 유쾌했다. 무엇보다 안전한 친구로서의 자격이 충분했다. 단지 투덜이 마크 이야기만 하려고 든다는 것이 문제였다.

투덜이 마크를 향한 그 아이들의 관심은 좋아하는 정도를 넘어 거의 광신도 수준이었다. 심지어 투덜이 마크가 잘 쓰는 '끝내준다'와 '구려, 구려, 너무 구려' 같은 말버릇을 질리도록 따라 했다. 그 사람이 하는 거라면 뭐든지 무작정 좋아하는 것 같았다.

둘의 대화는 대부분 투덜이 마크에 대한 칭찬과 맞장구가 다였지만, 가장 재미있는 영상에서는 의견이 갈리기도 했다. 예를 들어 이삭이 "주유소 샌드위치를 다룬 영상이 짱이지."라고 하면, 리비가 "맞아, 끝내줬어. 하지만 샐러드용 드레싱이 더 웃겨."라고 되받아치는 식이었다.

뭐가 됐든 내가 묵묵히 참고 들을 수 있는 건 5분 정도가 한계였다. 하지만 그 애들의 찬양은 도무지 끝날 기미가 보이지 않았다. 다른 유튜버에게는 눈곱만큼도 관심이 없었다.

"투덜이 마크만큼 재밌는 건 없어."

이삭이 말하자 리비가 고개를 끄덕였다.

"당연하지. 투덜이 마크가 있는데 왜 다른 게 보고 싶겠어?"

'왜냐하면 너희는 질릴 정도로 많이 봤으니까.'

나는 이렇게 생각했지만 아무 말도 하지 않았다. 전날 밤에 영상을 몇 개 더 봤지만, 그다지 흥미를 느끼지 못했다. 어쨌거나 쌍둥이는 내 의견에 동의하지 않을 것이 뻔했다.

"그리고 보니 예전에 〈드래곤 퀘스트〉 게임에 빠졌던 적은 있어. 지금은 따분할 뿐이지만."

리비의 말에 이삭이 맞장구를 쳤다.

"맞아. 투덜이 마크가 훨씬 재밌지. 아, 투덜이 마크가 〈드래곤 퀘스트〉에 대해 얘기하면 또 모르겠지만."

"그럼 끝내주겠지!"

리비가 콧바람을 불었다.

나는 〈드래곤 퀘스트〉를 좋아할 뿐만 아니라, 여전히 그 게임을 즐겨 한다고 말하고 싶었다. 하지만 그것은 셜록 코드를 따르는 일이 아니었다. 그냥 숨을 들이쉬고는 미소를 띤 채 입을 꾹 다물었다. 그렇게나 이사를 많이 다녔는데도 다른 사람인 척 꾸며 내는 일이 얼마나 피곤한지를 종종 잊곤 했다.

날개 달린 바퀴신발

나는 타일러한테 최대한 관심을 두지 않으려고 애썼다. 내 목표는 투명인간이나 배경화면처럼 조용히 지내는 것인데, 타일러는 너무 눈에 띄어서 옆에 있기만 해도 같이 주목을 받았다. 하지만 지각한 주제에 뻔뻔하게 웃으면서 앞문으로 들어오는 녀석한테 어떻게 눈길을 주지 않을 수 있을까? 정말로 심각한 문제였다.

"타일러, 오늘은 또 무슨 일이니?"

선생님이 타일러를 흘겨보았다. 하지만 나는 그 표정에 속지 않았다. 선생님은 지금 타일러의 새로운 발명품이 궁금한 거다. 타일러가 모두에게 알려 주고 싶어 하는 것만큼이나.

"손톱 덮개예요!"

타일러의 가방에서 자그마한 색색의 비닐 한 무더기가 나왔다.

"손……, 뭐라고?"

선생님이 눈을 가늘게 뜨며 가까이 다가갔다.

"손톱 물어뜯는 버릇이 지긋지긋한 사람들을 위해서 만들어 봤어요."

타일러가 짧게 설명한 뒤, 손톱 덮개 몇 개를 꺼내 조이 책상 위에 늘어놓았다. 조이는 불쾌한 표정으로 타일러를 잠시 쳐다보았지만, 이내 포기한 듯 하나를 집어 들어 이리저리 살폈다.

"흥! 생긴 건 제법 깜찍하네."

"그렇지? 손톱 크기에 딱 맞춰서 거슬리거나 불편하지도 않아. 하지만 습관적으로 손톱을 물어뜯으려고 하면……?"

조이가 관심을 보이자 타일러의 얼굴이 환해졌다.

"와그작, 비닐을 씹게 되는 거지!"

"훌륭하구나!"

선생님이 요란스럽게 타일러를 칭찬했다. 하지만 교탁으

로 되돌아가며 한마디 덧붙였다.

"선생님으로서는 네가 그 손톱 덮개만큼이라도 등교 시간을 잘 지키거나 맞춤법 공부에 좀 더 신경 쓰기를 바라지만 말이야!"

"칭찬 감사합니다."

타일러가 씩 웃으며 고개를 꾸벅 숙였다. 아무래도 '훌륭하구나'라는 말만 듣고, 그다음 말은 깡그리 무시한 듯했다.

"이걸 좀 더 다양하게 변형하려고요. 손가락 별로 색깔을 맞추면 액세서리처럼 활용할 수 있고, 엄청 쓴맛을 더하면 버릇을 확실히 고치는 데 더 도움이 될 거예요."

"그래그래, 공익을 생각하는 네 노력이 참 가상하다. 자, 이제 출석 확인을 해야 하니 조용히 해 줄래?"

선생님이 장단을 맞추며 장난스럽게 허락을 구하자, 타일러가 손을 앞뒤로 내저으며 쿨하게 대답했다.

"아, 그럼요. 물론이죠. 하시던 것 마저 하세요!"

가끔씩 튀어나오는 타일러의 저런 말투를 들을 때면 행여라도 버릇없다고 혼날까 봐 내가 더 조마조마했다. 하지만 이상하게도 타일러에게는 말이나 행동이 유쾌한 장난처럼 느껴지게 하는 특별한 분위기가 있었다. 선생님이 고개만 내

저을 뿐 별말 없이 눈길을 돌리는 것도 다 그런 이유 때문이리라.

한바탕 소란이 지나고 수학 시간이 시작되었다. 모두들 문제를 푸는 데 열중한 탓에 교실은 매우 조용했다. 하지만 내 눈은 내내 타일러의 신발에 붙박여 있었다. 오늘은 지난번의 낚시용 신발이 아니었다. 신발 바닥에 정체를 알 수 없는 뚜껑이 달려 있었다.

내 시선에 타일러가 한쪽 발을 옆으로 쭉 내밀었다.

"볼래? 내가 만든 날개 달린 바퀴신발."

"네가 만든 거라고?"

음악이 나오는 치약 짜개나 손톱 덮개는 그렇다 치자. 무슨 말이냐고? 그 두 가지 정도는 내 또래의 누군가가 절대 만들 수 없는 물건으로 생각되진 않는다는 뜻이다. 하지만 날개 달린 바퀴신발은 차원이 완전 달랐다. 제대로 작동한다면 더더욱.

나는 뭔가를 누르는 타일러를 가만히 지켜보았다. 딸깍! 뚜껑이 열리자 그 안에서 한 줄로 늘어선 바퀴가 툭 튀어나왔다. 바퀴 양옆에는 제트기처럼 생긴 날개가 달려 있었다.

"신고 있는 사람이 속도와 방향을 조절할 수 있도록 인라

인 스케이트를 개조했어. 혼자 움직이기 힘들거나 몸이 불편한 사람들한테 도움이 될 거야. 속도는 네 단계로 조절할 수 있어."

"와, 진짜 짱이다!"

크게 반응하고 싶진 않았지만, 나도 모르게 감탄이 터져 나왔다. 그 신발은 누가 봐도 멋져 보일 만해서 나로서도 어쩔 수가 없었다. 진심이 담긴 반응에 타일러의 얼굴이 활짝 펴졌다.

"그렇지?"

"완전."

나는 날개를 더 자세히 보려고 허리를 굽혔다. 꼭 보잉 747기 모형의 날개를 붙여 놓은 것 같았다.

"대단해. 사람들에게 도움을 주려는 생각도 훌륭하고."

"그동안 그렇게 말해 주는 사람은 한 명도 없었는데…….
대부분은 발명품에만 관심을 갖거든. 내가 왜 손톱을 물어뜯거나 콧구멍을 후비는 사람을 도와주고 싶어 하는지는 아무도 묻지 않더라고."

"콧구멍을 못 후비게 하는 발명품도 있어?"

"아직. 만드는 중이야."

나는 웃음을 터뜨렸다. 타일러가 자기 신발을 가리키며 계속 말했다.

"사람들은 이렇게 좀 있어 보이는 발명품에만 집중하라고 해. 하지만 나는 많은 걸 발명해서 다양한 문제를 해결하고 싶어."

"맞아. 그게 진짜 발명이지."

이왕 이렇게 된 거 아예 대놓고 인정하기로 했다. 어쩌면 타일러는 천재일지도 모른다. 적어도 발명 쪽으로는. 타일러와 동갑인 내가 만들어 본 것이라곤 힘이 없어서 책을 받치지도 못하는 데다 겉모양도 형편없는 북엔드 한 쌍뿐이었다.

"고마워."

내가 자기 마음을 알아줬다고 생각했는지, 타일러는 무척 기쁜 표정을 지었다. 그리고 지나치게 흥이 올라서 묻지도 않은 말을 줄줄이 늘어놓았다. 커다란 버튼 스위치가 달린 노란색 리모컨까지 꺼내서 보여 주었다.

"이건 보조 배터리 리모컨이야. 필요하면 에너지를 추가로 더 사용할 수 있어."

나는 좀 더 자세히 들여다보려고 리모컨 쪽으로 손을 뻗었다. 그런데 그때 수학 선생님이 불쑥 나타나 리모컨을 휙 낚

아챘다.

"이건 압수. 학교에서 리모컨 사용은 금지야. 특히 그 신발의 리모컨은 더더욱! 지난번 소동을 벌써 잊은 건 아니지?"

타일러가 말없이 뒷머리를 긁적였다.

"지난번에 타일러가 급식 당번을 도와주겠다며 이 신발을 신고 급식실에서 달린 적이 있어. 자기가 음식을 배달하면 시간을 절약할뿐더러 일손도 줄일 수 있을 거라나? 그런데 결과가 어땠지?"

"음, 좀 엉망이 되긴 했죠."

타일러의 마뜩잖은 대꾸에 선생님이 무슨 소리냐는 듯 한쪽 눈썹을 치켜올렸다.

"'좀'이라고? 벽에 들러붙은 콩을 떼어 내느라 몇 주가 걸렸는데! 게다가 멜빌 선생님은 날아오는 당근에 맞아서 코가 부러질 뻔했다고."

"네, 그랬죠. 그 일은 참 죄송하게 생각해요."

하지만 그렇게 말하는 타일러의 표정에는 미안한 기색이 전혀 없었다. 심지어 내 눈에는 애써 웃음을 참는 것처럼 보였다.

"이건 나중에 돌려줄게. 그리고 부탁인데, 제발 학교에 평범한 신발을 신고 오면 안 되겠니?"

"집에 평범한 신발이 없는데요. 신발이란 신발은 죄다 업그레이드를 해서요."

타일러가 씨익 웃었다. 언제나처럼 뻔뻔하고 장난기가 배인 웃음이었다. 선생님은 더 이상 화를 내지도 못한 채 끙끙댔다.

"이제 조용히 하고 문제나 마저 풀어. 참, 타일러! 네 천재성을 뽐내고 싶으면 점심시간을 이용해. 알겠지?"

"그럼요, 그럴게요. 걱정 마세요."

타일러는 순순히 이렇게 대답한 뒤, 연필을 들고 수학 문제를 풀기 시작했다. 하지만 선생님이 멀어지자마자 내게 속삭였다.

"점심시간에 날개 달린 바퀴신발이 움직이는 걸 보여 줄게. 리모컨이 하나 더 있거든."

나는 말없이 고개를 끄덕였다. 하지만 머릿속으로는 생존 전략을 어떻게 짜야 할지 치열하게 고민하고 있었다.

그동안 나는 누군가와 깊이 사귀거나 사건에 휘말리지 않으려고 무던히 애를 써 왔다. 사건에 휘말리면 주변의 주의를 끌게 마련이었다. 그런 것은 절대로 원하는 바가 아니었다. 특히 모두와 두루두루 잘 지내면서 존재감 없이 조용히 있어야 할 때는 더더욱……. 하지만 신발이 움직이는 모습은 정말로 보고 싶었다.

마침내 점심시간을 알리는 종이 울렸다. 어제처럼 리비와 이삭이 교실 문 앞에서 나를 기다리고 있었다. 나는 잠시 망설이다가 일단 쌍둥이를 따라나섰다. 딱히 그러겠다고 생각한 건 아니었는데, 자연스럽게 몸이 움직여 버렸다. 타일러를 흘끗 바라보자 어깨를 으쓱해 보였다. '좋을 대로 해, 난 괜찮으니까.'라는 것처럼.

리비와 이삭은 여느 때처럼 투덜이 마크가 싫어하는 음식으로 점심을 해치우고, 운동장에 앉아 시시껄렁한 이야기들을 나눴다. 그런데 놀랍게도 오늘의 주제는 투덜이 마크가 아니었다.

"너는 용돈을 얼마나 받아?"

뭐라고 대답해야 할지 몰라서 잠시 고민이 되었다. 사실, 내가 먼저 나서서 우리 집 사정을 알려 주고 싶은 생각은 전혀 없었다. 그래서 '그게 정확히 얼마냐?'고 묻지 않기를 바라며 대충 얼버무렸다.

"다른 애들이 받는 만큼……?"

"그러면 넉넉하진 않을 거야. 맞지?"

"음……, 그렇지 뭐. 다들 그렇잖아?"

그럴 줄 알았다는 듯 쌍둥이가 고개를 끄덕였다. 뭐, 그런 대로 무난하게 대답을 잘한 모양이었다. 이삭이 말했다.

"그래서 요즘 우리는 돈 버는 아이디어에 관심이 많아."

"일명 '부자 되기 프로젝트'!"

리비가 거들었다.

"나중에 뭔지 알려 줄게. 너도 이제 우리 그룹이잖아. 아, 그리고 계속 생각한 건데, 우리랑 더 잘 지내고 싶으면 투덜이 마크의 옛날 영상들도 좀 봐."

"어……, 그래. 알았어."

나는 부자 되기인지 뭔지에는 눈곱만큼도 관심이 없었다. 투덜이 마크의 영상은 두말할 것도 없고. 하지만 아무리 작은 그룹이라도 속하길 원한다면 분위기를 맞춰 줄 수밖에 없었다.

다른 사람들에게 맞추며 사는 건 참 성가신 일이지만, 내게 맞춰 주려는 사람이 없는 상황에서는 어쩔 수가 없었다. 물론 타일러는 그런 것들을 전혀 신경 쓰지 않았지만.

마지막 수업 시간이 되었다. 국어 선생님이 그리스 신화에 대해 글을 쓰라며 둘씩 짝을 지어 주었다. 내 짝은 타일러였다. 사실 속으로는 타일러와 짝이 되지 않기를 바랐지만, 잠시라도 투덜이 마크의 찬양에서 벗어나자 오히려 살 것 같은 기분이 들었다. 그리스 신 말고 투덜이 마크에 대해 쓰면 안 되냐고 이삭이 질문했을 때는, 아무리 너그럽게 봐주려 해도 이해 불가능한 수준이었다.

"투덜이 마크는 그리스 신이 아니잖아? 절대 안 돼."

"선생님, 투덜이 마크는 현실에서 신이나 마찬가지예요! 이 세상에 투덜이 마크를 모르는 사람은 단 한 명도 없다고요."

리비가 잽싸게 끼어들었다. 그러자 선생님이 짐짓 단호한 목소리로 잘라 말했다.

"투덜이 마크가 얼마나 유명한지는 상관없어. 그 사람이 제우스가 아닌 이상, 절대로 안 돼."

순간, 타일러와 내 눈이 마주쳤다.

"너도 투덜이 마크를 좋아한다며? 저 애들만큼 광팬이야?"

"그게……."

적당한 변명이 떠오르지 않았다. 반 친구들 앞에서 투덜이 마크를 좋아한다고 선언한 지 얼마 되지도 않았는데, 이제 와서 '투'자만 들어도 진저리가 난다고 털어놓을 순 없었다. 하지만 타일러는 그런 내 마음을 이미 눈치챘는지 씩 웃었다.

"뭔가에 푹 빠질 수는 있지만, 그게 매일매일 몇 시간씩 이야기해도 질리지 않는다는 뜻은 아니지?"

그러고는 뒷자리에 앉은 조이와 다니에게로 몸을 돌렸다.

"너희는 뭘 쓸 거야? 아직 안 정했으면 헤르메스 어때? 이 신발을 신은 헤르메스 말이야."

조이가 타일러의 날개 달린 바퀴신발을 힐끔 보았다.

"헤르메스는 괜찮지만, 그 신발에 대해서는 안 쓸 거야. 그리고 너 말이야. 너도 쟤네만큼 심한 거 알아? 말하는 주제만 다를 뿐이잖아."

"으으, 그렇게 말하다니……. 잔인해!"

"흥, 연기인 거 다 티 나거든."

"나중에 내가 유명해지거든 후회하지나 마서. 잭, 우리 얘네한테 본때를 보여 주자."

타일러가 씩씩거리며 종이를 들어 팔랑팔랑 흔들었다.

"조이, 그리고 다니, 너희에게 도전장을 던진다. 우리의 그리스 신이 너희의 신을 상대할 것이다."

"뭘 어쩌자고?"

"그냥 글쓰기는 재미없잖아. 왜? 질까 봐 겁나냐?"

"웃기시네!"

다니의 새침한 반응에 타일러가 만족스런 미소를 띠었다.

"좋아, 잭. 우리의 재능을 증명할 시간이야. 준비됐지?"

나는 얼떨결에 고개를 끄덕였다.

타일러처럼 자신감 넘치게 사는 기분은 어떨까? 조금 건방지거나 뻔뻔하게 굴어도 모두가 나를 있는 그대로 받아들이며 좋아해 줄 거라고 확신하는 기분 말이다. 정확히는 모르지만 한 가지는 알 것 같았다. 아주 멋지리라는 것을!

부자 되기 프로젝트

집에 막 가려고 할 때였다.

"야, 잭! 내일 시간 어때? 아까 말한 프로젝트, 그거 알려 줄
게. 시간 남으면 투덜이 마크 영상도 같이 보고."

이삭이었다.

"어……, 그래."

"좋아. 어쩌면 두세 시간 정도는 볼 수 있을 거야. 내일은
엄마가 오후 근무를 하시는 날이거든."

이삭과 리비가 만족스러운 표정을 짓고는 횡하니 사라졌
다. 그나저나 투덜이 마크를 두세 시간이나 볼 거라고? 나도

모르게 한숨을 푹 내뱉은 순간, 얄궂은 표정의 타일러와 눈이 딱 마주쳤다. 쌍둥이와의 대화를 엿들은 게 분명했다.

"아직 안 질린 모양이네?"

"나……, 투덜이 마크 꽤 좋아해. 진짜야."

얼굴이 화끈거렸다. 타일러의 눈빛에 온몸이 콕콕 찔리는 듯한 기분이었다.

"그렇다면야, 뭐. 그런데 남들 눈에만 신경 쓰지 말고 스스로에게 솔직해지는 게 좋지 않아? 언젠가는 모두 진실을 알게 될 텐데."

심장이 쿵 내려앉았다. '조만간 사람들이 네 거짓말을 죄다 알게 될 거야.'라고 말하는 것만 같았다. 이사를 다니면서 내가 가장 두려워한 것이 바로 이거였다. 나의 이중적인 모습을 들키는 것…….

나는 그냥 가만히 있었다.

'적당한 말이 떠오르기 전까지는 말을 아껴라.'

셜록 코드의 원칙 중 하나였다.

"쌍둥이네 집에 가기 싫으면 내 핑계를 대도 돼. 안 그래도 보여 주고 싶은 게 엄청 많거든. 예를 들면, 이런 거."

타일러가 주머니에서 보조 배터리 리모컨을 꺼냈다. 버튼을 꾹 누르자, 신발 바닥에서 바퀴가 덜컹 튀어나왔다. 날개가 아래로 비스듬히 기울어지며 윙윙거리자, 타일러가 자세를 낮춘 채 복도를 가르며 힘차게 나아갔다. 바퀴와 날개가 딱딱한 바닥에 부딪히면서 요란한 소리를 냈다.

그 소리를 듣고 교실에 있던 담임 선생님이 머리를 불쑥 내밀었다.

"타일러, 그 신발……!"

"죄송해요, 선생님! 화장실이 급해서요. 먼저 가 볼게요!"

타일러가 잠깐 멈춰 서는가 싶더니 손을 휙휙 흔들고는 바람같이 사라졌다.

"하여간 저 녀석은……."

선생님이 혀를 차며 고개를 내저었다.

"잭, 타일러랑 친구가 되면 절대로 지루하지 않을 거야."

집에 오는 내내 선생님의 말이 머릿속에서 맴돌았다. 확실히 지금까지 타일러 같은 아이는 없었다. 그리고 나는 타일러가 꽤 마음에 들었다. 그렇지 않기가 오히려 더 불가능했다.

하지만 타일러와 친해지면 내가 지금껏 지켜 온 지루한 일상이 무너질 것만 같아서 무서웠다. 지루한 건 누구도 원하지 않겠지만, 그렇게 지내는 일상의 효과는 분명히 있었다.

바로 '안전함' 말이다.

이삭과 리비의 방은 각양각색의 포스터로 빽빽했다. 그중에서도 특히 눈에 띄는 건, 투덜이 마크의 거대한 사진 밑으로 야채 스무디, 엘리베이터 안에서 방귀 뀌는 사람, 넷플릭스에 없는 프로그램 등 '투덜이 마크가 싫어하는 것들'이 나열된 포스터와 '돈'이 그려진 포스터였다. 그 아래에는 이런 글이 적혀 있었다.

원칙 1. 절대로 돈을 잃지 마라.
원칙 2. 절대로 첫 번째 원칙을 잊지 마라.
— 워렌 버핏

내가 그 포스터를 유심히 보자, 이삭이 '워렌 버핏'이란 글자를 손으로 가리켰다.
"유명한 사업가야."
"우리도 곧 사업을 할 거고."
리비가 말을 받자, 쌍둥이는 동시에
박수를 짝 하고 치고는 날카롭게

고양이 소리를 냈다.

"지금 뭐 하는 거야?"

내가 깜짝 놀라서 펄쩍 뛰자, 이삭이 이상하다는 듯이 나를 흘겼다.

"투덜이 마크가 맨날 하는 거잖아, 몰라?"

"……갑자기 그래서 놀랐을 뿐이야. 모르긴, 당연히 알지."

다행히 쌍둥이의 눈빛에서 의심이 사라졌다. 어설픈 둘러대기가 통한 모양이었다.

나는 방 안을 다시 살폈다. 물건들이 여기저기 규칙 없이 놓여 있었다. 작은 탁자에는 플레이 스테이션, 책장에는 충전기 한 더미와 태블릿 PC 석 대, MP3 플레이어 여섯 대, 휴대폰 아홉 대, 그리고 게임팩 한 무더기가 있었다. 저금통도 네 개나 있었는데, 그중 둘은 작은 금고처럼 생긴 거였다. 침대 위에는 옷이 산더미처럼 쌓여 있었고, 문 뒤쪽에도 재킷이 일곱 벌 정도 걸려 있었다.

입을 쩍 벌린 채 방 안을 훑어보는 내 모습을 보고서 리비가 피식 웃었다.

"여기 있는 건 전부 부자 되기 프로젝트용이야. 감이 와?"

아니, 무슨 소린지 전혀 모르겠다. 하지만 물어볼 필요는 없었다. 내가 묻기도 전에 이삭이 대단한 비밀인 양 목소리를 낮게 깔고서 소곤댔기 때문이다.

"전부 판매용이라는 뜻이지. 우린 이것들로 돈을 무지무지 많이 벌 거거든."

"당연하지, 무지무지 많이."

"얼마 전까지는 오래된 휴대폰을 사서 되팔았어. 엄마 이름으로 가입한 인터넷 중고 거래 사이트에서 말이야. 물론 가격은 살 때보다 조금 더 붙였지."

"사실 그걸로 버는 돈은 얼마 안 돼."

"맞아, 진짜 조금이야."

리비의 말에 이삭이 맞장구를 쳤다.

"음, 그래…… 그렇구나."

내가 얼결에 대답하자 쌍둥이의 눈빛이 기대감으로 차올랐다. 이 아이들은 대체 내게 무슨 말을 듣고 싶은 걸까? 모를 땐 그냥 가만히 있는 것이 상책이다. 누군가가 못 참고 나설 때까지.

역시나 이삭이 먼저 말을 꺼냈다.

"비싼 가격을 받으려면 그만큼 물건이 좋아야 해. 그렇잖아? 누구든 낡은 것보다는 새 것을 갖고 싶어 하니까."

"처음 보는 물건이면 더 좋지."

리비가 격렬하게 고개를 끄덕였다. 꼭 용수철 목을 가진 강아지 인형 같았다.

"어……, 그렇지."

나는 또 어수룩하게 반응했다. 쌍둥이는 다시 나를 가만히 바라보았다. 내가 자기들의 말을 이해하길 기다리는 것 같았다. 하지만 안타깝게도 나는 여전히 쌍둥이의 말뜻을 알아차리지 못했다.

이삭이 답답하다는 듯이 말했다.

"너, 교실에서 타일러랑 잘 놀잖아."

"으음……, 그래서?"

"그 애는 멋진 발명품을 많이 만들고……. 그렇지?"

"그……렇지."

"우리는 말이야, 타일러한테 전문가의 도움이 필요하다고 생각해. 우리 형 말로는 그런 걸 마케팅이라고 부른대. 마침 경영학 수업 과제로 마케팅을 직접 해 봐야 한다던데, 우리가 도와주면 어떨까 해."

리비가 한마디 거들었다.

"그러니까 타일러의 물건과 우리의 기술을 합치는 거야."

"형은 과제를 하고, 우리는 돈을 버는 거지. 물론 너도."

이삭이 덧붙였다. 그제야 조금 감이 왔다.

"중고 사이트에서 타일러의 발명품을 팔려고?"

내가 묻자 이삭이 재빠르게 대답했다.

"아니, 직접 웹 사이트를 만들 거야. 우리 회사가 생기는 거지. 완전 멋지지 않아?"

"끝내주지?"

리비가 고개를 끄덕이며 맞장구를 쳤다.

"어……, 그래서 회사 이름이 뭔데?"

나는 아무 말이나 하면서 시간을 끌었다. 쌍둥이가 타일러의 발명품을 팔고 싶어 한다는 건 알겠는데, 그 이야기를 왜 타일러가 아니라 나한테 하는지 언뜻 이해가 가지 않았다.

"당신한테, 진짜로, 필요한, 물건들."

이삭이 어마어마한 사실이라도 발표하는 양, 마디마디 끊어 말하며 허공에 잽을 날렸다. 그러자 리비가 옆에서 최고라며 요란을 떨었다. 솔직히 말하면 나는 회사 이름이 완전 별로라고 생각했다. 하지만 그렇게 말할 분위기가 아니었다.

"우리는 돈을 어마어마하게 벌 거야. 부자 되기 프로젝트를 크게 키울 거니까."

"맞아. 대박 크게 할 거야."

대체 어쩌자는 거지? 이제 정말 못 참겠다. 요점을 건드려야겠다.

"그러면 타일러도 알고 있는 거지?"

내 물음에 이삭이 움찔했다.

"뭐, 일단은……. 그런데 아직 확신이 없는 것 같았어."

"그래? 하지만 타일러의 발명품인데 본인이 싫다면……."

내 말이 끝나기도 전에 이삭과 리비가 급하게 끼어들었다.

"우리 프로젝트를 자세히 몰라서 그래. 그러니까 설득할 방법을 찾아야지."

"타일러는 너를 좋아하니까 네 말은 듣지 않을까?"

"맞아. 사실 타일러가 모두랑 잘 지내긴 하는데 한 사람하고만 계속 놀진 않았거든. 그런데 너랑은 유독 친하게 지내는 것 같아서 말이야."

"맞아, 그동안은 안 그랬어."

곰곰이 생각해 보니 그런 것 같기는 했다. 타일러가 특별히 한 사람하고만 다니는 것을 보지는 못한 듯했다. 주변에 있으면 누구와든 수다를 떨었지만, 딱히 베프라고 할 만한 아이는 없어 보였다.

이삭과 리비는 타일러가 나를 좋아한다고 했다. 다른 사람의 눈에 그렇게 보인다니, 기분이 아주 좋은 일이었다. 만약 정말로 타일러와 친구로 지낼 수 있다면, 그래서 베프가 될 수 있다면…….

"네가 타일러랑 더 친해지면 우리가 얼마나 마케팅을 잘해 낼지 설명해 줄 수 있지 않을까?"

이삭이 기대에 찬 눈빛으로 나를 바라보며 말을 이었다.

"타일러한테 이쪽으로는 우리가 최고라고 전해 줘. 알았지? 판매 아이디어가 기발하고 무궁무진하다고."

"그럼. 아이디어 자판기라고 불러도 될 정도라니까."

리비가 서둘러 덧붙였다. 그때 문득 다른 사람들을 돕기 위해 발명을 한다던 타일러의 말이 떠올랐다. 그런 아이가 부자 되기 프로젝트에 혹할 것 같지는 않았다. 물론 지금은 그렇게 말할 분위기가 아니었기에 일단은 그냥 가만히 있었다.

나는 쌍둥이에게 맞추기로 마음을 정했고, 그 애들은 내가 멀리하려고 다짐한 아이랑 친하게 지내기를 바랐다. 그런데 참 이상했다. 사실은 내가 진짜로 하고 싶었던 것이 바로 타일러와 친구가 되는 일이라는 생각이 들었기 때문이다.

제프리 B.

뻔하지 않은 하루

다음 날 아침, 웬일로 학교에 일찍 온 타일러가 곧장 내 옆 자리로 다가왔다. 사뭇 요란스럽게 자리에 앉더니, 인사도 건너뛴 채 느닷없이 질문을 하나 던졌다.

"어렸을 때 장난감한테 이름을 지어 준 적 있어?"

그 말을 듣는 순간, 아빠가 사 주었던 상어 장난감이 퍼뜩 떠올랐다.

그 장난감은 다섯 번째 생일에 선물 받은 것이었다. 곰이 나 강아지처럼 흔한 동물 말고 특별한 장난감을 주고 싶었다 나? 아무튼 아빠는 상어 장난감을 주면서 엄청 진지한 목소리로 상어 이름 짓기 의식을 거행할 거라고 했다. 엄마가 옆에서 비웃었지만, 아빠는 세상에서 가장 근엄한 얼굴로 내게 속삭였다.

"너는 얘가 얼마나 특별한 상어인지 느껴질 거야."

그날 밤, 나는 아빠와 상어 장난감을 거실 한가운데에 놓고 책상다리를 한 채 마주 앉았다. 내가 말똥말똥한 눈으로 장난감을 바라보자, 아빠는 두 손으로 턱을 괸 채 상어 장난감을 가만히 바라보았다.

"이제부터 기다리자."

"뭘를요?"

"상어가 먼저 자기 이름을 말해 주길 기다리는 거야."

우리는 한동안 상어를 노려보았다. 그러다 아빠 모습이 너무 진지해서 웃음이 설핏 새어 나오기도 했다. 몇 분이 지났을까? 아빠가 상어 쪽으로 몸을 기울였다.

"들었어?"

나도 얼른 아빠를 따라 상어 쪽으로 몸을 기울였다. 하지만 내게는 아무 소리도 들리지 않았다. 내가 고개를 젓자 아빠가 얼굴을 좀 더 가까이 가져다 댔다.

"뭐라고? 아하!"

아빠가 자리에서 벌떡 일어났다.

"이 친구가 자기 이름은 '제프리'래."

그러고는 잽싸게 몸을 다시 숙였다. 그 모습을 보면서 나는 아빠가 정말로 장난감의 말을 들었는지, 장난감과 어떻게 대화를 할 수 있는지 몹시 궁금해했다. 아마 그랬던 것 같다.

아빠는 그 후로도 뭔가를 한참 듣더니 이내 빙긋 웃었다.

"잭, 성은 너더러 지어 달래. 어때, 한번 해 볼래?"

그다음에 책을 잔뜩 찾아보았던 것은 기억나지만, 마지막에 성을 어떻게 정했는지는 잊어버렸다. 다만 성과 이름을 다 짓기까지 우리가 얼마나 신나게 웃었는지는 지금도 기억이

생생했다.

　내가 생각에 잠겨 있느라 입을 다물고 있자, 타일러가 불쑥 말을 꺼냈다.

　"내가 이름 붙인 첫 장난감은 네 살 때 받은 곰 인형이야. '생선 파이'라고 불렀지. 그다음은 '케첩'이었고."

　내 상어만큼 이상한 이름이었다. 내가 피식 웃음을 터뜨리자, 타일러가 계속 말했다.

　"우리 누나는 더해. 인형에 '방귀 뿡 씨'라는 이름을 붙였다니까."

　"웬일로 일찍 왔나 했더니 장난감 이야기 중이구나?"

　어느새 담임 선생님이 다가와 있었다.

"그다음은 뭐였는지 아세요? 바로 '세균 덩어리'였어요."

"너희 남매는 이름도 아주 독특하게 붙이는구나. 자, 어디 또 장난감에 이름 붙여 본 사람?"

조이가 손을 번쩍 들었다.

"저는 인형이 여섯 개 있는데, 전부 다 '밥'이라고 불러요."

"그럼 어떻게 구별해?"

다니가 묻자 조이가 어깨를 으쓱였다.

"간단해. '첫째 밥', '둘째 밥', '셋째 밥'⋯⋯."

온 교실이 웃음소리로 가득했다. 그 분위기에 휩쓸려 나도 모르게 입이 열렸다.

"저는 제 상어를 '제프리 B. 스테이플턴'이라고 불렀어요."

장난감답지 않게 진지한 이름에 모두가 또다시 웃음을 터뜨렸다. 그러길 바라면서 불쑥 내뱉은 말이긴 했지만, 금세 괜히 말했나 싶은 생각이 들었다. 제프리 B. 스테이플턴은 나의 '진짜' 과거였기 때문이다. 내 이야기를 하지 않겠다고 몇 번이나 다짐해 놓고선⋯⋯.

곧이어 어떤 남자아이가 코뿔소 장난감에 '트리케라톱스'와 '스티라코사우루스'라는 이름을 붙였다는 이야기를 꺼냈다. 선생님은 그 뒤로도 아이들의 이야기를 들으며 한참이나 웃었다.

"완전 땡잡았네. 잘하면 1교시 내내 이 얘기만 할지도 모르겠어."

타일러가 내게 속삭이면서 씩 웃었다.

이 정도라면 타일러랑 조금 더 친하게 지내는 것도 괜찮을 듯했다. 아직은 셜록 코드를 지킬 수 있을 만큼의 적당한 거리를 유지하고 있으니까.

오늘 점심은 처음으로 타일러와 함께 먹기로 했다.

그동안은 같이 먹은 적이 없으니 타일러가 도시락으로 뭘 싸 오는지를 몰랐다. 조이가 묘한 질문을 던지는 바람에 갑자기 호기심이 일었다.

"오늘은 뭐야? 치즈랑 고추냉이?"

타일러는 아무 말 없이 포장된 샌드위치를 꺼냈다. 호기심이 가득한 내 눈길을 본 조이가 타일러의 샌드위치를 손으로 가리켰다.

"얘는 이상한 물건만 만드는 게 아니야. 샌드위치에도 이상한 걸 넣거든. 진짜 별종이라니까."

"음식의 진정한 맛을 모르는 네가 뭘 알겠니?"

"그러는 넌 미각 세포 자체가 없는 것 같거든요."

조이가 혀를 날름 내밀고는 다니 옆으로 쌩하니 사라졌다. 타일러는 그 모습을 황당하다는 듯 쳐다보더니, 조이의 뒤통수에 대고 혀를 끌끌 찼다.

"쟤는 이제 흔하디흔한 달걀 마요네즈 샌드위치나 먹겠지. 그건 비극이야. 이 몸은 요리 대회 결승전에 내놓아도 손색이 없을 만큼 훌륭한 샌드위치를 가져왔는데 말이야."

나는 드디어 본모습을 드러낸 샌드위치를 유심히 살폈다.

"그거 설마, 콘플레이크야?"

타일러가 샌드위치를 한입 베어 물어 우물우물 씹으며 고개를 끄덕였다.

"거기에 땅콩버터랑 마요네즈. 환상적인 조합이지?"

"콘플레이크에 땅콩버터, 마요네즈라고……?"

엄마와의 엽기 음식 경쟁에 선보일 만한 조합이었다. 타일러가 잔뜩 찌푸려진 내 얼굴을 보고서 피식 웃었다.

"직접 먹어 봐. 그럼 알겠지."

"아니, 괜찮아. 사양할게."

"먹어 보라니까? 밑져야 본전이잖아."

타일러가 샌드위치를 내 눈앞에서 흔들었다. 눈빛이 심상치 않게 진지했다.

"내 위장이 욕할 것 같은데……."

"절대 후회하지 않을 거야. 장담해."

타일러와 오랫동안 알고 지낸 사이는 아니지만, 그 아이의 성격이 어떤지는 진작에 눈치채고 있었다. 우리 엄마의 표현을 빌리자면 단호하기 그지없는 '단호박 유형'이 분명했다.

결국 나는 항복하고 말았다. 눈을 질끈 감고 샌드위치를 한입 베어 문 뒤 꼭꼭 씹었다.

"어때, 맛있지?"

타일러가 내 표정을 살폈다.

"뭐……, 나쁘진 않네."

80퍼센트는 진심이었다. 콘플레이크 덕분에 식감은 바삭했고, 마요네즈가 입천장에 땅콩버터가 쩍쩍 들러붙는 걸 막아 주었다. 그러니까 맛이 있는 것과는 별개로, 뭔가 별나고 색다른 맛이었다.

타일러가 검지를 세워 흔들었다.

"나쁘지 않은 게 아니라 훨씬 더 낫지. 다음엔 '스니커즈 샌드위치'를 맛보여 줄게."

"스니커즈? 샌드위치 속에 초콜릿 바를 넣는 거야?"

"아니, 땅콩버터하고 누텔라 잼."

타일러가 속재료를 하나씩 꼽으며 말을 이었다.

"건강을 좀 생각해야겠다 싶으면 으깬 병아리콩이랑 빨간 피망, 대파, 셀러리 같은 걸 넣기도 해. 크림치즈나 버섯, 시금치를 넣어도 되고."

처음엔 농담인가 싶었는데 표정을 보니까 전혀 아닌 것 같았다.

"무엇보다 가장 중요한 건 바삭바삭한 식감이야. 그러니까 마지막에는 꼭 잘게 부순 과자나 감자 칩처럼 바삭한 뭔가를 더해야 해."

나는 내가 싸 온 평범한 치즈 롤을 물끄러미 바라보았다. 타일러의 말처럼 콘플레이크나 감자 칩을 더하면 어떤 맛이 날지 상상해 보았다. 타일러와 함께 있으면 뻔한 도시락조차 새롭게 느껴졌다.

뭐니 뭐니 해도 오늘 하루의 대미는 과학 시간이었다. 이번 시간에는 미리 공지했던 대로, 전선을 직접 납땜해서 꼬마전구에 불을 켜는 실험을 하기로 되어 있었다.

선생님은 제멋대로 행동할 타일러를 염려해 수업 시간 내내 눈에 불을 켜고 감시했지만, 예상 외로 타일러는 아주 얌전히 있었다. 심지어 납땜을 할 때는 움직이지 말고 시키는 대로만 하라고 했는데도 불평 한마디 하지 않았다. (물론 자기가 웬만한 전기 기술자보다 납땜을 더 잘한다고 중얼거리기는 했다.)

마침내 안심한 선생님이 자리를 뜨자마자, 타일러가 기다렸다는 듯이 말을 꺼냈다.

"좋은 아이디어가 있어."

"뭐?"

좋은 아이디어라니, 불안하기도 하고 궁금하기도 했다. 뭐가 됐든 선생님의 생각과는 전혀 다른 것을 떠올린 게 분명했다.

"생일 카드 따위보다는 좀 더 창의적인 걸 만들어야지."

"예를 들면?"

타일러가 선생님 눈치를 살피며 가방을 손으로 더듬더니, 길고 투명한 대롱을 하나 꺼냈다.

"짜잔! 영화 〈스타워즈〉의 광선 검! 꼬마전구를 여기에 넣어서 광선 검을 만들 거야. 전구가 하얀색이랑 초록색이니까 '크리스마스용 광선 검'이 되는 거지!"

"그건 대체 언제 준비했어?"

내 말을 듣고 타일러가 의미심장하게 웃었다.

"'항상 만반의 준비를 하라'. 기본 중의 기본이라고."

"그런데 네 발명품은 사람들을 돕기 위한 거잖아. 크리스마스 광선 검은 대체 누굴 도울 수 있는 건데?"

"당연히 루크 스카이워커지. 반란군 연합과 맞서 싸우고 있는데, 크리스마스 선물 정도는 줘야 하지 않겠어?"

너무나도 뻔뻔한 대꾸에 헛웃음이 비어져 나왔지만, 결국 나도 분위기에 휩쓸려 타일러를 돕게 되었다.

그때 선생님이 우리 쪽으로 다시 왔다. 책상 위는 이미 광선 검을 만드느라 난장판이 따로 없었다. 하지만 선생님은 별로 놀라는 눈치가 아니었다. 이런 상황을 이미 예상한 모양이었다.

"글자도 못 쓰는 카드라니, 참 재미있구나!"

"크리스마스에 태어난 사람들을 위한 특별 선물이에요."

"어……, 글씨는 못 쓰지만 나름의 메시지를 담은 카드인 셈이죠."

타일러의 말에 나도 한마디 덧붙였다. 우리가 선생님 지시를 완전히 무시한 게 아니라는 걸 알리려는 셈이었다. 결과적으로 무시한 것이긴 했지만.

선생님이 눈썹을 찡그리며 광선 검의 스위치를 켰다. 하얀색과 초록색 불빛이 번갈아 반짝였다. 생각보다 꽤 멋있었다.

"해피 버스데이……, 그리고 메리 크리스마스!"

타일러가 생일 축하 노래에 캐럴을 섞어 불렀다. 선생님의 입꼬리가 웃음을 참는 듯 씰룩거렸다. 혼나지 않을 거라는 느낌이 강하게 들었다.

"타일러, 네 머릿속은 정말이지 상상이 안 되는구나."

"그럼요, 아직 안 보여 준 게 더 많은걸요."

나는 타일러의 '다음 발명품'이 참을 수 없을 정도로 기다려졌다. 그리고 그걸 기다리는 내내 매일매일이 새로울 것 같았다.

엄마의 새로운 직장

집에 돌아왔을 때 엄마는 종이와 펜, 머그컵에 둘러싸인 채 노트북을 들여다보고 있었다.

"뭐 하세요?"

"슬슬 일을 좀 찾아볼까 싶어서."

나는 엄마 어깨 너머로 노트북 화면을 바라보았다.

"좀 도와줄래? 이 사이트는 글자가 작아서 눈이 침침해."

"좋아요. 어디 보자……. 여긴 어때요? 이탈리아 레스토랑의 홀 매니저래요. 괜찮아 보이는데요? 피자도 싸게 살 수 있고요!"

"밤늦게까지 일하기 싫어."

"그럼 콜 센터 상담사는요?"

"으으, 그건 더 별로야. 사람들의 불평불만을 하루 종일 들어야 하잖아."

엄마가 몸서리를 치듯 몸을 설핏 떨었다.

"물건 판매원은요? 아, 그런데 프랑스어를 해야 한대요."

"그럼 안 되겠다. 프랑스어는 전혀 몰라."

"배우면 되잖아요."

"싫어. 어려워."

"엄마, 일자리를 구할 생각이 있는 거 맞아요?"

내가 툴툴거렸지만 엄마는 그저 웃기만 했다. 그런데 다음 날, 엄마의 새로운 직장이 갑자기 정해졌다.

마침 토요일이기도 해서 우리는 일찌감치 일어나 이삿짐을 마저 정리할 계획이었다. (그사이에 엄마가 잃어버린 물건들도 찾아야 했다.) 그런데 아침을 다 먹어 갈 무렵, 난데없이 초인종이 빽빽 울렸다.

"잭, 네가 좀 나가 봐. 아직 차를 덜 마셨거든."

"엄마도 참. 맨날 그 핑계를 대려고 차를 다 안 마신 채 남기잖아요."

나는 한숨을 푹 내쉬며 현관문을 열었다. 뜻밖에도 체크무늬 서츠를 입은 아저씨가 환하게 웃으며 서 있었다.

"안녕! 내 이름은 프란시스란다!"

프란시스 아저씨는 들뜬 목소리로 인사를 건네고는 커다란 가방을 불쑥 내밀었다. '고래를 구하자!'라고 써 있는 에코 백이었다.

"이사 오는 걸 봤어. 앞으로 잘 지내자! 이건 환영의 선물이야."

"어……, 고맙습니다."

가방은 꽤 무거웠다. 나는 안을 힐끔 살폈다.

"당장 쓸 수 있는 식재료를 좀 가져왔어. 파르메산 치즈 가루, 생 바질, 파스타 면, 그리고 와인 한 병……. 조금 전에 이 앞 식료품점에서 사 온 거라 아주 신선하단다."

우리의 대화가 안까지 들렸는지, 엄마가 현관으로 어기적어기적 걸어 나왔다.

"안녕하세요! 어머나, 이게 다 뭐야……? 신경 써 주셔서 정말로 고맙습니다!"

"차나 설탕은 너무 흔하니까요. 게다가 이사 온 지 얼마 안 돼서 동네를 잘 모르실 테고요. 이 가게 물건은 신선하기로

유명하거든요. 음, 그런데…….”

　싱글벙글하던 아저씨의 표정이 갑자기 시무룩해졌다.

　“파스타를 안 좋아하실 수도 있겠다는 생각을 미처 못 했
네요.”

　“걱정 마세요! 파스타를 자주 해 먹어요. 정말 사려 깊으신
분이네요.”

　프란시스 아저씨는 평소보다 조금 더 호들갑스럽게 구는

엄마의 반응이 은근히 반가운 모양이었다.

　엄마와 프란시스 아저씨는 서로의 얼굴을
마주 보고 정식으로 다시 인사를 나누었다.

　"이사 오신 걸 환영합니다. 성함이⋯⋯."

　"매기예요. 얘는 잭이고요."

　엄마가 옆으로 한 발짝 비켜나며 아저씨를 안쪽으로 안내
했다.

"안으로 들어오셔서 커피 한잔하시겠어요?"

"초대해 주신다면……. 그럼, 실례하겠습니다."

프란시스 아저씨가 엄마를 따라 집 안으로 성큼 들어왔다. 그런데 몇 걸음 못 가서 숨을 급히 들이마시며 거실 한가운데에 우뚝 멈춰 섰다. 엄마는 그 모습을 보고 어리둥절해했지만, 나는 왜 그러는지 단박에 알아차렸다.

이사 온 집은 부엌과 거실이 하나로 연결되어 있는 구조였다. 엄마는 공간이 트여 있어서 넓게 쓸 수 있는 데다, 정리정돈을 하기도 더 쉬울 거라고 좋아했다. 하지만 실제로는 짐을 제대로 정리하지 못해 난장판 그 자체였다.

다시 말하면, 쓰레기장과 별반 다를 바 없는 상태라는 뜻이다. 반쯤 풀다 만 상자들이 여기저기 흩어져 있었고, 옷과 종이 나부랭이는 밧줄처럼 서로서로 꼬리를 문 채 부엌에서 거실까지 널브러져 있었다. 소파에는 신문지와 우편물 더미가 잔뜩 쌓여 있는 데다가, 이층으로 올라가는 계단에는 머그컵이 지뢰처럼 듬성듬성 놓여 있었다.

프란시스 아저씨가 놀라서 외마디 비명을 질렀다.

"이게 무슨……. 새로운 출발이 이렇게 끔찍해서야! 경찰이어서 빨리 범인을 잡아야 할 텐데요. 분명히 꼭 잡힐 거예요!"

"네? 경찰이요?"

엄마가 휘둥그레진 눈으로 프란시스 아저씨와 나를 번갈아 바라보았다. 아직 상황 파악을 못 한 엄마 대신 내가 얼른 변명을 했다.

"어……, 도둑이 든 게 아니고요. 저희 집은 그냥……, 아직 짐을 다 정리하지 못한 것뿐이에요."

"앗, 죄송합니다! 내가 무례한 말을 한 모양이군요. 나는 그냥……."

아저씨의 얼굴이 금세 빨개졌다. 그렇게나 새빨간 얼굴은 처음이었다. 그 모습을 본 엄마의 입가가 절로 씰룩거릴 정도였다.

"오해하실 만도 하네요. 내가 어질러 놓은 걸 그나마 잭이 정리한 것이긴 한데……. 잭, 아무래도 엄마는 청소라든지 뭔가를 정리하는 일은 도저히 안 될 것 같아."

엄마가 헛기침을 하며 애써 웃음을 참았다. 아저씨 얼굴은 더 건드렸다가는 펑 터질 것 같았다.

"자, 이쪽으로 오세요."

엄마가 프란시스 아저씨를 주방 쪽으로 안내했다. 아저씨를 위해 바닥에 깔린 종이를 발로 살살 밀어내는 배려도 잊지 않았다.

어른들이 이야기를 나누는 동안, 나는 방에 올라가 있었다. 얼마 후 다시 내려왔을 때 아저씨는 이미 갔는지 보이지 않았다. 엄마는 신나게 자이브를 추며 온 거실을 휘젓는 중이었다. 아, 바닥이 보이는 거실의 일부에서.

"무슨 일이에요? 그사이에 좋은 일이라도 생겼어요?"

내 말에 엄마가 기다렸다는 듯 의기양양하게 말했다.

"드디어 직장을 구했거든! 프란시스 아저씨가 엄마의 살림 솜씨를 모욕한 것 같아서 마음에 걸렸나 봐. 그걸 만회하기 위해 뭔가를 해야겠다고 생각한 모양이야."

"그래서 엄마한테 일자리를 줬다고요? 사과치곤 좀 큰 거 아니에요?"

내가 황당한 표정을 짓자 엄마가 웃음을 터뜨렸다.

"그것 때문만은 아니고……. 마침 자기가 운영하는 요양원에서 직원을 뽑으려던 참이었대. 전에 있던 사람이 인수인계를 제대로 하지 않고 나가는 바람에 엉망진창이라고……. 전에 무슨 일을 했는지 알려 주었더니, 엄마를 행정실 직원으로 고용하겠다고 했어. 일단은 2주 정도 적응 기간을 갖고, 그 후에 계속 일할지 말지 결정하는 게 어떻겠느냐고 하더라."

"와, 축하해요!"

이번에는 여기에 오래 머물 거라고 했던 엄마의 말이 떠올랐다. 어쩌면 정말, 그 말대로 될지도 몰랐다.

새 직장에서 엄마는 곧바로 해결사 닌자 모드에 들어가야 했다. 컴퓨터 파일이니 종이 서류니 자료 정리가 엉망이어서, 제대로 정리하는 데만 적어도 2주는 걸릴 거라고 했다. 하지만 위기가 닥칠수록 오히려 강해지는 성격 덕분인지, 엄마는 사뭇 즐거워 보였다.

게다가 요양원 일이 생각보다 훨씬 재미있을뿐더러 함께 지내는 사람들도 모두 성품이 좋다고 했다. 프란시스 아저씨도 직장 상사로서 아주 훌륭하다며 입에 침이 마르도록 칭찬을 늘어놓았다.

프란시스 아저씨 역시 엄마 덕분에 복잡한 문제가 하나둘 해결되자 꽤 흡족해하는 것 같았다. 월급도 올려 주고, 휴가도 7일이나 더 주었다. 그것도 며칠 만에!

"그런데 언제 휴가를 쓸 수 있을지 모르겠어. 일이 정리될 때까지는 아무 데도 못 가게 생겼어. 일이 이래저래 꽤나 줄줄이 엮여 있더라고."

엄마가 일 때문에 예민해지거나 스트레스를 받는 것 같지
는 않았다. 몇 주 동안은 해결사 닌자 모드로 지내긴 해야겠
지만, 오랜만에 진심으로 행복해하는 게 느껴졌다. 아빠가
떠난 이후로, 이렇게 행복해하는 엄마는 처음이었다.

앗, 거미가 나타났다!

나는 타일러에 대해 하나씩 알아 가는 중이었다. 지금까지 알아낸 것 중 하나는 토론 거리를 잘 던진다는 거였다. 타일러가 던진 질문은 마른 볏짚에 성냥불을 붙인 것처럼 반 아이들 전체를 활활 타오르게 했다.

수학 선생님이 잠깐 자리를 비웠을 때였다. 타일러가 선생님이 준 문제지를 밀어 놓고 대뜸 이렇게 물었다.

"네 신경을 자꾸 거슬리게 하는 게 뭐야?"

"으……, 알면서 왜 물어?"

내 표정을 보고 타일러가 웃음을 터뜨렸다. 안 그래도 얼마 전에 투덜이 마크가 지긋지긋해졌다는 것을 인정한 참이었다. 딱히 그러려던 건 아니었는데, 나도 모르게 타일러한테 비밀을 다 털어놓고 말았다.

"아니, 싫어하거나 미워하는 건 아니고 그냥 좀 짜증나게 하는 거."

"그게 그거잖아."

"그건 아니지."

타일러가 필통에서 뭔가를 꺼내 보여 주었다. 연필깎이가 붙어 있는 초록색 지우개였다.

"이건 '지우깎이'야. 누나를 위해서 만들었어. 맨날 뭘 잃어버리거든. 이렇게 해 놓으면 떨어뜨려도 잘 보이고, 일단 부피가 크니까 애초에 잃어버릴 일도 거의 없어."

"오, 그거 기발한데?"

"누나 말로는 잃어버리는 상황 자체가 끔찍하거나 싫은 건 아니래. 잠깐 짜증이 날 뿐이지. 뭐가 다른지 이제 알겠지? 다시 물을게. 지금 너를 짜증나게 하는 건 뭐야?"

이럴 때는 '글쎄, 잘 모르겠는데.'라고 대답하는 게 정답이었다. 셜록 코드를 따른다면 그렇게 해야 마땅했지만, 나도 모르게 내 입이 그만 주저리주저리 떠들어 댔다.

"음……, 현장 학습을 다녀온 다음 날 소감문을 쓰라고 할 때의 기분?"

"그건 짜증날 만하지! 조이, 너는?"

타일러가 깔깔 웃더니 몸을 뒤로 돌려 물었다. 조이가 타일러를 뚫어지게 쳐다보았다.

"너."

"나 말고."

타일러가 조이를 재촉했다. 내가 타일러에 대해 알아낸 또 다른 점은 절대로 쉽게 포기하지 않는다는 거였다.

"축구공이 딱 두 개뿐인데 같이 놀던 친구가 그걸 전부 지붕 위로 차 버리는 거. 그것도 시작한 지 5분 만에 말이야."

"그건 사고였잖아!"

조이가 흘깃 바라보자, 다니가 억울하다는 듯이 외쳤다. 타일러는 두 사람을 보고 웃음을 터뜨리더니 한참 만에 말을 꺼냈다.

"나는 시간이 느리게 갈 때! 엄청 기대하는 게 있는데 그걸 기다려야 할 때는 하루가 한 달처럼 지루하게 느껴져."

"하지만 시간은 빨라지거나 느려지는 게 아니야."

조이의 말에 타일러가 반박했다.

"나도 알아. 그냥 느낌이 그렇다고. 그렇게 느껴질 때가 있다니까?"

조이가 고개를 절레절레 저으며, '그러시겠지'라는 표정을 지었다. 하지만 나는 타일러가 하는 말이 무슨 뜻인지 알 것 같았다.

이삭도 비슷하게 생각한 모양이었다.

"그 기분, 나도 알아. 만약 투덜이 마크의 새 영상이 저녁 7시에 업로드될 거라고 공지가 뜨면, 5시쯤부터 일분일초가 일 년처럼 길게 느껴지는 거지."

이삭다운 생각이었다. 이번에는 대화를 가만히 듣고 있던 제임스가 합세했다.

"나도! 어른들이 게임을 못 하게 할 때 그런 기분이 들었어. 부모님이나 선생님은 제목만 듣고 폭력적인지 아닌지를 결정하더라고. 〈좀비의 종말〉은 절대로 그런 게임이 아닌데⋯⋯."

타일러가 던진 질문은 곧 온 반을 들썩이게 했다. 모두가 웃고 떠들며 자기 이야기를 쏟아 냈다. 타일러는 친구들의 말에 맞장구를 치고, 고개를 끄덕이고, 재미있다는 듯 웃음을 터뜨렸다.

나는 타일러를 보면서 문득 아빠를 떠올렸다. 두 사람은 평범한 날을 생기 넘치게 바꿀 수 있다는 점이 똑같았다.

종례 시간이 되자, 선생님이 반 아이들에게 현장 학습 안내문을 나눠 주었다.

"준비물은 걷기 편한 운동화나 장화, 비옷, 점심, 간식, 그리고 물."

그리고 늘 그랬듯, 타일러를 보며 한마디 덧붙였다.

"다른 건 아무것도 필요 없어."

타일러가 곧장 반응했다.

"하지만 선생님, 숲에 들어가잖아요. 사슴이나 여우를 만나면 어떡해요? 멧돼지나 늑대가 공격하면요? 저한테도 스스로를 보호할 뭔가가 있어야죠."

"타일러, 그런 일은 절대로 없을 거야. 게다가 야생 동물이 공격하면 잭이 너를 보호해 줄 테니까 조금도 걱정하지 마."

선생님이 나를 보며 빙긋 웃었다. 선생님은 타일러와 내가 친구가 되어 가는 중이라고 생각하는 걸까? 다른 사람에게 우리가 특별한 관계로 보이는 것, 그건 정말 짜릿한 경험이었다.

드디어 현장 학습 날이 되었다. 우리는 숲을 돌아다니며 활동지의 빈칸을 채워야 했다. 활동지에는 관찰해야 할 풀과 나무, 곤충들이 그려져 있었다.

학교 밖이라 그런지 아이들은 새로운 모습을 많이 보여 주었다. 예를 들어, 조이는 곤충에 대해 엄청 빠삭했다. 숲을 탐험한 지 10분 만에 사슴벌레, 잠자리, 날개미를 발견해서 알려 줄 정도였다.

"좋아! 이 속도라면 금방 끝나겠는데?"

타일러가 '헤라클레스 장수풍뎅이'를 체크하면서 의기양양하게 말했다. 그 말을 듣고 선생님이 엄한 목소리로 주의를 주었다.

"조이가 다 찾게 하면 안 돼. 알았지?"

하지만 조이는 조금도 상관없다는 표정이었다.

"전 괜찮아요, 선생님. 타일러가 스스로 얼마나 멍청한지 깨닫게 하는 것도 좋은 경험이 될 테니까요."

"이보세요! 내 머리는 그동안 네가 먹은 점심보다 더 많은 정보로 가득 차 있거든요?"

타일러가 곧장 반박했다.

"하지만 곤충에 대해서는 아닐걸? 우리 엄마는 내가 웬만

한 곤충 학자만큼 많이 알 거라고 그랬거든. 그런데 너, 곤충 학자가 뭐 하는 사람인지는 아니?"

"곤충 학자가 별거야? 곤충을 연구하는 사람이겠지."

타일러와 조이의 목소리가 높아지자 선생님이 두 사람의 어깨를 짚어서 떼어 놓으며 진정시켰다.

"자, 자, 그만해. 이제 관찰에 좀 더 집중해 보는 게 어떻겠니?"

타일러가 한마디를 더 하려는지 숨을 크게 들이쉬었다. 어떤 대화든 자기가 끝맺고 싶어 하는 것도 타일러의 성격 중 하나였다.

그때 길 앞쪽에서 외마디 비명이 울렸다.

우리는 비명이 들린 쪽으로 황급히 뛰어갔다. 거기에는 나무토막처럼 우뚝 선 이삭이 뭔가를 가리키며 바들바들 떨고 있었다.

"이삭, 무슨 일이야?"

"괴, 괴물이 나타났어요!"

모두의 눈이 이삭의 손가락 끝으로 향했다. 자세히 보니 엄청나게 큰 거미 한 마리가 나무에 대롱대롱

매달려 있었다. 선생님이 이삭의 어깨를 토닥였다.

"그냥 거미잖니? 겁먹을 것 없어. 게다가 이 주변에는 치명적인 독거미가 없거든."

"하지만 발소리가 들렸다고요! 신발을 신은 거미가 이 세상에 어디 있어요? 으으, 너무 끔찍해……."

겁을 잔뜩 먹은 이삭이 눈동자를 데굴데굴 굴렸다.

"'관거미집 거미'네. 거미줄로 튜브처럼 길고 빈 공간을 만들어서 거기에 숨거나 알을 낳아. 발소리는 네 착각이겠지."

조이의 말에 이삭의 얼굴이 한층 더 하얘졌다.

"으윽, 그런데 왜 저놈은 밖으로 나와 있는 거야?"

"'놈'이 아니야. 저 정도의 덩치면 암컷일걸."

조이가 으스대는 표정으로 타일러를 빤히 바라보았다. 그걸 보고 타일러가 코웃음을 쳤다.

그때 리비가 불쑥 끼어들었다.

"투덜이 마크도 거미를 싫어하잖아. 거미에 대해서 올렸던 영상 기억 안 나?"

"그래, 그랬지. 하지만 그건 지금 나한테 하나도 중요하지 않아!"

이삭의 목소리는 여전히 날카로웠다. 리비는 이삭의 반응에 꽤나 충격을 받은 것 같았다. 이삭이 투덜이 마크에 대해 이야기하고 싶지 않다는 것은 꽤 심각한 상황이라는 걸 의미하니까.

"이삭, 걱정 마. 잭하고 내가 깔끔하게 처리해 줄게."

거기에 나는 왜 끼워 넣었는지 모르겠지만, 아무튼 타일러가 슈퍼 히어로 영화의 주인공처럼 당당히 앞으로 나섰다. 그러고는 어깨에 메고 있던 가방을 열어서 빈 유리병과 기다란 막대를 꺼냈다. 맨 끝에 집게가 달려 있는 막대였다. 타일러가 유리병 뚜껑을 연 뒤 내게 건넸다.

"잭, 이것 좀 들고 있어 봐."

"어, 그래."

나는 얼떨결에 유리병을 받았다. 마술사 조수라도 된 듯한 기분이었다.

이윽고 집게 막대를 든 타일러가 거미를 향해 살금살금 다가갔다. 집게 끝이 거미에게 닿을 만치 가까워졌다. 타일러는 잠깐 심호흡을 하더니, 조이스틱 같은 걸 이리저리 움직여서 집게를 쫙 펴고는 거미를 착 집었다. 그리고 몸을 빙글 돌리며 나에게 소리쳤다.

"잭, 준비해!"

나는 유리병을 든 손을 최대한 앞으로 쭉 내밀었다. 무서운 건 아니었지만, 거미가 내 팔을 타고 기어오르지 않기를 바랐다. 잠시 후, 타일러가 유리병 안에 거미를 무사히 떨어뜨렸고 나는 잽싸게 뚜껑을 꽉 닫았다. 선생님과 아이들이 함성을 지르며 박수를 쳤다.

타일러가 뿌듯한 표정으로 집게 막대를 쓱 쓰다듬었다.

"이로써 '다기능 집게발'도 성공적으로 선보였군."

"야, 거미를 풀숲으로 던져 버렸어야지! 으, 보기만 해도 소름 끼쳐."

이삭이 유리병 속에서 이리저리 내달리는 거미를 가리키며 외쳤다.

"조이가 말한 거미가 맞는지 확인해야지. 진짜로 맞으면 활동지의 빈칸을 더 채울 수 있잖아. 그런데 조이, 얘랑 비슷하게 생긴 거미가 엄청 많다는 건 알고 있지?"

"흥, 내가 틀릴 리 없어. 다시 확인하는 건 시간 낭비에다가 네 멍청함만 더 드러내는 일일 뿐이라고."

타일러와 조이가 서로를 노려보았다. 분위기가 냉랭해지는가 싶었지만, 어이없을 정도로 잠시뿐이었다. 둘은 피식하고 바람 빠지는 소리를 내더니 이내 웃음을 터뜨렸다. 두 사람은 평소에도 자주 말싸움을 벌였지만, 실제로는 사이가 꽤 좋았다.

"타일러, 이번에는 네 발명품이 도움이 됐어. 사고도, 혼란도 없었고. 하지만 문제를 일으킨 적이 더 많다는 건 너도 인정하지?"

선생님의 칭찬에 타일러가 행복한 목소리로 말했다.

"그야 오늘은 훌륭한 조력자가 있었으니까요. 잭, 도와줘서 고마워. 너는 위기 상황에서도 참 침착하더라."

나무에 얌전히 매달린 거미를 '위기 상황'이라고 할 수 있을까? 어쨌든 몹시 기뻤다. 어쩌면 내게도 엄마의 능력, 즉해결사 닌자 모드가 있는지도 모른다는 생각이 들었다.

아빠를 못 본 지 393일째

여섯 번째 이사는 지금까지와는 확실히 달랐다. 왜냐하면 예전 집들에서는 새 집 느낌을 한 번도 받은 적이 없었다.

가장 정들었던 첫 번째 집을 떠난 후, 우리는 꾸미지 않는 게 더 나을 법한 집들을 전전했다. 두 번째 집은 진회색과 빨간색 페인트가 얼룩덜룩하게 칠해져 있었다. 세 번째 집은 방마다 〈토마스와 친구들〉 벽지가 붙어 있었고, 네 번째 집은 사방이 온통 보라색이었다. 으으, 다시는 생각하고 싶도 않다.

어쨌든 나는 그 흉한 벽들을 최대한 못 본 척할 수밖에 없었다. 엄마에게는 뭔가를 고치거나 꾸밀 시간도, 의욕도 없었기 때문이다. 그래서 다른 곳으로 곧 이사 갈 거라는 사실을 떠올리며 겨우겨우 참아 냈다. 늘 그랬던 것처럼.

그런데 이곳에서는 엄마가 무려 페인트칠을 하고 있었다. 나는 그 모습이 너무나 놀라웠다.

"어때?"

엄마가 사다리에서 내려오며 물었다.

"두말하면 잔소리죠. 훨씬 좋은데요."

"거실이랑 부엌은 같은 색으로 칠할 거야. 연결되어 있으니까. 화장실은 하얀색으로 칠하고."

"그것도 좋네요."

"엄마 방은 짙은 초록색으로 칠할까 해. 전부터 초록색 방이 갖고 싶었거든. 네 방은 네가 원하는 색깔로 해 줄게."

그러면서 엄마는 페인트 색이니 포인트 벽지니 하며 집 꾸미기 계획을 줄줄이 늘어놓았다. 마치 이곳에서는 정말로 오래 있을 거라고, 그래서 이만큼 노력하는 거라고 이야기하는 것 같았다. 왠지 기분이 이상했다.

게다가 엄마는 그 후로도 매일 같은 시각에 퇴근해서 계속 뭔가를 했다. 휴대폰을 귀에 댄 채 밤낮으로 바쁘게 돌아다니거나, 갑작스러운 비상 호출에 휙 뛰쳐나가는 일은 없었다.

심지어 오늘은 집에 돌아왔더니, 놀랍게도 거실이 완벽하게 정리되어 있었다. 아침에 나갈 때만 해도 분명히 상자가 가득했는데…… 이번에는 정말로 도둑에게 집이 털린 게 아닐까? 진심으로 진지하게 고민하던 차에, 두 팔 가득 쿠션을 안고 나오는 엄마와 딱 마주쳤다.

"설마……, 엄마 혼자서 이걸 다 정리한 거예요?"

"그럼 누가 했겠어? 꽤 깔끔하지?"

그 말을 듣고도 의심스런 마음을 지울 수가 없었다. 혹시 의자 밑이나 장롱에 짐을 쑤셔 박아 두고 정리했다고 우기는 것은 아니겠지?

엄마는 손에 들고 있던 쿠션을 소파 위에 나란히 내려놓고는 고개를 끄덕였다. 아주 평범한 모습인데도 기분이 이상했다. 그동안 우리는 이삿짐에서 쿠션을 꺼내 소파에 얹어 놓을 만큼 한곳에 오래 머무른 적이 없었다.

"이제는 근무 시간이 일정하니까 집을 꾸미고, 물건을 고치고, 요리를 할 시간이 충분해. 그리고…… 너랑 같이 보낼 시간도."

사실 엄마가 방송국에서 일할 때에는 함께 보내는 시간이 거의 없기는 했다. 그런데 엄마가 손수 짐을 풀고 정리까지 하다니!

"글쎄요, 엄마가 요리를 하는 게 좋은 일일까요?"

"어허!"

엄마가 쿠션을 집어서 장난스럽게 던졌다.

"농담이에요. 당연히 좋죠. 엄마랑 더 있을 수 있으니까."

순간, 엄마 눈에 눈물이 글썽이기 시작했다.

"잭, 그동안 많이 힘들었지? 몇 번이나 이사할 때도, 엄마가 집에 자주 못 들어올 때도……. 엄마도 알아. 그래도 잘 버텨 주었어. 네가 너무 일찍 철이 들었지."

"저는 괜찮아요. 진짜예요."

나는 엄마 기분이 좋아지기를 바랐다. 그런 내 마음을 안다는 듯 엄마가 미소를 지었지만 눈가는 여전히 촉촉했다.

"아무튼…… 엄마가 혼자서 짐을 거의 다 정리했는데 칭찬은?"

"아직은 안 돼요! 어떻게 정리했는지 확인부터 하고요."

"너무하네!"

엄마 목소리가 밝아져서 마음이 한결 놓였다. 지난 2년 동안 내 기분이 어땠는지, 그리고 어떻게 버텼는지를 얘기하며

다시금 우울해지고 싶지 않았다. 그러다 보면 결국 아빠가 없다는 사실만 생각날 게 뻔했다. 아빠가 떠나게 된 이유 중 하나가 바로 나라는 사실도.

아빠와의 추억은 아무 때나 불쑥불쑥 떠올랐다.
크리스마스 때면 아빠는 요정으로 변신했다. 특별한 이유는 없었다. 그저 더 재미있을 것 같다는 이유에서였다. (물론

진짜로 재미있기는 했다.) 또 아빠는 수영을 한 뒤에 피시 앤 칩
스가 최고로 맛있다면서, 수영장에 다녀올 때마다 항상 피시
앤 칩스 가게에 들르곤 했다. (그 말도 진짜이긴 했다.)

그리고 몸이 피곤하든, 날씨가 춥든, 땅이 질척거리든 상
관없이, 일주일에 한 번 이상은 꼭 나랑 축구 연습을 하러 갔
다. 한번은 〈마인 크래프트〉 게임을 보여 준 적이 있는데, 뭔
지 잘 모르면서도 관심을 갖고 봐 주었다.

그러다가 저녁이 되면 엄마의 이야기를 들었다. 아빠는 엄마가 회사에서 있었던 일을 모험담처럼 들려주면, 세상에서 가장 재미있는 얘기라도 되는 듯이 껄껄 웃었다. 그리고 어려운 일들을 멋지게 척척 처리한 엄마를 굉장히 자랑스럽게 여겼다. 간혹 엄마가 입도 뗄 수 없을 만큼 지친 날이면, 말없이 뒤를 졸졸 따라다니며 어질러 놓은 것들을 정리했다. 집 안의 모든 뒤치다꺼리는 아빠 몫이었다.

모든 게 달라진 건 아빠가 다시 공부를 시작하면서부터였다. 집 여기저기에 책과 종이가 쌓이기 시작했다. 아빠는 밤늦게까지 공부하느라 매일매일 피곤해했다. 시간이 지날수록 예민해지고 짜증이 늘어서, 엄마가 밤늦게 오는 날이면 어김없이 말다툼으로 이어졌다.

시간이 늦은 탓에 목소리를 낮추긴 했지만, 나는 아래층에서 올라오는 엄마 아빠의 목소리를 들으며 신경을 바짝 곤두세워야 했다. 하지만 나중에는 내가 있든 없든 밤낮을 가리지 않고 거친 말을 주고받았다.

그때의 아빠는 집에 있어도 없는 것과 마찬가지였다. 엄마랑 내가 무슨 말을 해도 안 들리는 듯했다. 엄마가 집에 있으면 말도 안 되는 핑곗거리를 만들어서 밖으로 나갔다. 나는 더 이상 아빠를 웃게 할 수 없었다.

결국 아빠는 집을 떠나기로 했다. 엄마는 그 사실을 침착하고 차분하게 전하려고 애썼다. 내가 놀라지 않도록 손을 꼭 잡아 주었다. 하지만 괜찮지 않은 쪽은 엄마였다. 맞잡은 손에 힘이 잔뜩 들어가 있다는 걸, 눈에서 눈물이 흐르고 있다는 걸 정작 엄마는 모르는 것 같았다.

아빠는 집을 떠나고도 1년 동안 주말이 되면 나를 만나러 왔다. 아빠와 마지막으로 만난 날은 일요일이었다.

그날은 몸이 엄청 피곤한 상태였다. 아빠를 만난다는 기대감에 잠을 설친 탓이었다. 그런데 기다렸던 마음과는 달리, 현관에 서 있는 아빠를 보는 순간 새삼스레 긴장이 되었다. 파티에 초대받아 근사하게 차려입고 갔는데, 나만 그런 옷차림인 걸 알았을 때 느끼는 어색함이랄까? 그때 왜 그랬는지는 지금도 잘 모르겠다.

"잭, 잘 있었니?"

아빠는 곧 뒤에 서 있는 엄마한테도 눈인사를 건넸다. 듬성듬성 자란 수염과 다크서클 때문에 얼굴이 한층 까칠해 보였다.

엄마는 별다른 인사 없이 차갑게 말을 건넸다.

"여섯 시까지 데리고 올 거지?"

아빠가 나직한 목소리로 대답했다.

"그럴게. 그리고 혹시 이따가 시간 괜찮으면 저녁 먹으러 갈래? 잭이랑 같이……."

"글쎄, 별로 좋은 생각은 아닌 것 같은데."

아빠 눈에는 기대가 잔뜩 어려 있었지만, 엄마 목소리는 딱딱하기 그지없었다.

"잭, 여섯 시에 보자."

엄마는 내 어깨를 한 번 꽉 잡았다가 놓고는, 집 안으로 성큼성큼 걸어 들어갔다. 아빠는 말없이 한참을 서 있다가 뒤로 돌아섰다.

우리는 공원으로 가서 연못가에 앉았다. 아빠가 하고 싶은 게 있냐고 물었지만, 딱히 생각나는 게 없었다. 아빠는 잠깐 고민하다가 아이스크림을 사다 주었다. 사실 아이스크림을 먹고 싶은 기분은 아니었지만 일부러 아무 말도 하지 않았다. 어색한 기분을 떨치려고 급하게 먹는 바람에 아이스크림 두통이 와서 머리가 띵했다.

아빠는 이런 내 상태를 모른 채 계속 질문만 해 댔다. '학교는 어떻니?', '엄마는 어떻니?', '너는 어떻니?'……. 나도 같은 대답을 반복했다. '좋아요.', '좋아요.', '좋아요.'…….

물론 최대한 진심처럼 말하려고 애썼다. 아빠의 기분이 어서 나아지기를 바랐다. 하지만 그럴수록 아빠는 점점 더 괴로워 보였다. 그제야 깨달았다. 내가 아빠의 기분을 망치고 있다는 것을.

아빠는 진짜로 나와 만나고 싶어서 매주 찾아오는 걸까? 아니, 어쩌면 이런 생활에 이미 질렸는지도 몰라. 진작에 그만두고 싶었을지도 몰라. 하루라도 빨리 새 출발을 하고 싶을지도 몰라…….

결국 나는 아빠한테 몸이 안 좋다고 얘기해 버렸다. 아빠는 집에 빨리 들어가고 싶은지 물었고, 나는 곧바로 그렇다고 대답했다.

그리고 그 뒤로 아빠를 두 번 다시 보지 못했다.

사실 아빠는 그때쯤 먼 도시에서 일자리를 제안받아 매주 보는 일이 힘들지도 모른다고 얘기하기는 했다. 그 말을 전하는 얼굴에는 속상함이 가득했지만, 나는 아빠가 왜 그렇게 먼 곳에 직장을 구했는지가 더 궁금했다. 엄마는 아빠가 새로운 일을 시작했고, 더 잘 배울 수 있는 곳을 찾다 보니 그렇게 된 거라고 했다.

하지만 잠이 오지 않는 밤이면 다른 이유가 있을 것 같다는 생각이 삐죽 튀어나왔다. 어쩌면 아빠가 만나러 왔던 마지막 날, 내가 아빠의 기대대로 반응하지 않아서 그런 게 아닐까, 하고서.

아빠가 집을 떠난 것은 730일 전이고, 우리가 마지막으로 만난 것은 393일 전이다. 아빠가 떠난 날과 우리가 만난 마지막 날을 헤아리는 일을 언제 그만둘 수 있을지 나도 잘 모르겠다.

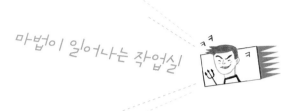

마법이 일어나는 작업실

타일러와 친해지면서 쌍둥이와는 예전만큼 붙어 있지 않게 되었다. 그래도 쉬는 시간이면 종종 투덜이 마크에 대해 이야기를 나누곤 했다. 하지만 부자 되기 프로젝트에 대해서는 이야기한 적이 없었다. 내가 그 주제를 계속 피했기 때문이다.

그런 상황이 답답했는지, 오늘은 쌍둥이가 집에 가려는 내 뒤를 바짝 따라왔다.

"야, 잭. 요즘 어때? 타일러하고는 잘 지내는 것 같던데."

이삭이 먼저 말을 툭 던졌다.

"맞아. 둘이 막 이렇게, 잘 어울리더라고. 잭, 아주 잘하고
있어."

리비가 두 손을 깍지 끼어 보이며 거들었다. 왠지 스파이
가 된 것 같아서 기분이 별로였다. 나는 두 사람과 눈을 마주
치지 않으려고 발끝으로 길바닥을 툭툭 찼다.

"타일러한테 우리 계획에 대해서 얘기했어?"

"음, 아직."

"그래, 적당한 때를 노려야지. 너무 조급해하진 마."

이삭이 내 어깨를 톡톡 두드리고는 주위를 한번 살폈다.

"좀 더 생각해 봤는데……. 아무래도 우리 실력이 어느 정
도인지 타일러가 직접 확인하면 좋을 것 같아서 말이야."

"그래서?"

"네가 타일러한테 말해서 발명품 몇 개를 '빌려'다 줬으면
해. 그러면……."

이삭의 말을 리비가 받았다.

"타일러의 발명품이 웹 사이트에서 어떻게 판매되는지 당
장이라도 보여 줄 수 있어. 아마 타일러도 깜짝 놀랄 거야."

"웹 사이트를 벌써 만들었단 말이야?"

나는 깜짝 놀라 대뜸 이렇게 물었다. 지난번에 얘기하고

얼마 안 지났는데, 그사이에 웹 사이트가 완성되었다고?

"형이 만들어 줬어. 우리 형 이야기 기억하지?"

"아, 그래? 그런데 사실은……, 이걸 내가 말하는 게 나은지 아직도 잘 모르겠어."

나는 말을 얼버무리며 망설이는 기색을 내비쳤다. 그러자 이삭이 다가와 나를 다독이듯 어깨동무를 했다.

"어려울 것 없어. 우리는 타일러를 도우려는 거라고."

"타일러가 물건을 팔아서 제대로 대가를 받으면 다른 발명품을 만들기도 더 쉬워지지 않겠어?"

리비도 한마디 보탰지만 나는 일부러 말을 아꼈다. 사실 어느 쪽으로도 마음을 정한 게 아니었다. 하지만 이 아이들은 아마도 내가 자기들 말에 동의했다고 생각할 것이다. 무엇이든 긍정의 뜻으로 보이게 하는 것은 셜록 코드의 단점 중 하나였다.

안 그래도 타일러가 집에 놀러 오라고 했으니, 초대를 수락하고 이삭과 리비의 계획을 말할 기회를 잡아 보기로 했다. 하지만 발명품을 '빌려' 오라는 말을 그대로 전할 수는 없었다. 그것은 어쩌면 '훔쳐' 오라는 의미일지도 모르기 때문이었다.

학교가 끝난 후, 타일러네 집으로 갔다. 타일러를 따라서 부엌으로 가자, 타일러 아빠가 식탁에 앉아 신문을 읽고 있었다. 손에 들려 있는 머그컵에서 쓴 냄새가 훅 풍겼다.

"왔니, 타일러? 집에 오자마자 이런 얘길 해서 미안한데, 엄마 좀 설득해 주면 안 될까? 이 약인지 독인지 모를 고약한 액체는 도저히 안 되겠어."

"혈압에 도움이 되는 약이라잖아요. 간호사인 엄마 말을 안 들으면 누구 말을 따르겠어요? 불평 말고 쭉 드세요."

타일러가 쓸데없는 소리 말라는 듯 시큰둥하게 대답했다.

"얼른 인사나 하세요. 이쪽은 우리 반 잭이에요."

"이런, 친구가 같이 온 줄도 몰랐네. 안녕, 잭? 잘 왔어. 만나서 반갑다."

타일러 아빠가 허둥지둥 손을 흔들어 인사를 건넸다.

"방금 들었지? 우리 가족은 내 삶이 비참해지는 게 아주 즐거운가 봐. 내 건강을 위해서라지만, 내 생각엔 절대로 아니야. 심지어 이 녀석은 극악무도한 발명품을 만들어서 소금양까지 줄였……."

"아, 맞다! 그것도 있었지!"

타일러가 아빠의 말을 가로채고선 찬장을 열어 원통 모양의 스테인리스 기구를 꺼냈다.

"이건 소금 지급기야. 한 번에 정해진 양만 나와서 아빠가 소금을 많이 먹지 않게 도와줘. 짠 건 혈압에 안 좋거든."

"아니야, 저건 음식을 엉망진창으로 만드는 맛 파괴기일 뿐이라고."

타일러 아빠는 입으로 투덜거리긴 해도 진짜로 언짢아 보이지는 않았다. 기특하다는 듯 타일러의 머리를 쓰다듬는 모습을 보면 말이다. 우리 아빠도 저렇게 해 주곤 했는데…….

"잭, 이리 와. 엄마는 아직 안 오셨으니까 누나하고만 인사하면 돼. 그다음에 내 작업실을 보여 줄게."

"이럴 수가, 잭! 그건 정말 엄청난 특권이야! 타일러의 작업실에는 아무나 못 들어가거든."

아빠의 요란스러운 반응에 타일러가 눈썹을 치켜올렸다.

"아빠는 간단한 규칙도 못 지키니까 그렇죠."

"규칙이 있는지 미리 말도 안 했잖아. 게다가 그때 일은 작은 실수였을 뿐인데, 정말 오래도록 잊지도 않는구나."

타일러가 어리둥절해하는 내 표정을 보고서 찬찬히 설명해 주었다.

"아빠가 '편식가용 집게'를 망가뜨렸거든. 바비큐 집게로 착각해서 고기 구울 때 써 버리는 바람에 집게가 몽땅 녹아 내렸어."

"그 안타까운 사건은 지금도 꿈속에 종종 나온단다."

타일러 아빠가 장난스럽게 한쪽 눈을 찡끗해 보였다. 하지만 타일러는 코웃음을 치고는 등을 획 돌려 부엌을 나갔다.

타일러는 나를 데리고 거실로 갔다. 거실에는 도서관마냥 책이 어마어마하게 많았다. 벽 한쪽을 차지한 책장에는 물론, 바닥과 가구에도 책이 잔뜩 쌓여 있었다. 소파는 아예 앉을 자리가 없을 정도였다.

타일러가 등을 돌리고 있는 안락의자를 향해 인사했다.

"누나, 안녕?"

안락의자 뒤에서 머리 하나가 톡 튀어나왔다. 타일러의 누나였다. 몸을 웅크리고 있어서 보이지 않았던 모양이다.

"움바 쿠?"

"베르코 마이."

나를 슬쩍 본 누나가 느닷없이 외계어 같은 말을 건넸다. 타일러도 아무렇지 않게 받아쳤다. 갑자기 뭐 하는 거지? 얼빠진 듯한 내 표정이 우스웠는지, 타일러 누나가 피식 웃었다.

"어렸을 때 만든 대화법이야. 입에 붙어 버렸지 뭐야."

"맞아, 지금도 자주 써. 특히 부모님을 열받게 만들고 싶을 때는 최고지."

"그래서, 이쪽은 누구야?"

타일러가 뒤늦게 나를 소개했다.

"이름은 잭이고, 얼마 전에 우리 반에 전학 왔어. 내 작업실을 보여 주려고."

"타일러, 친구를 멀뚱히 세워 두고 너 혼자 떠들지 마. 그리고 작업실에 있는 걸 전부 보여 주겠다는 생각도 버려. 안 그러면 크리스마스 때까지 집에 못 보낼걸?"

누나는 타일러에게 톡 쏘아붙인 후, 나를 향해 한마디 덧붙였다.

"부디 마음의 준비가 되어 있기를 바랄게."

타일러의 작업실은 집 뒤에 붙어 있었다. 커다란 창문과 천장의 채광창 덕분에 생각보다 환했다. 하지만 작업실답게 한쪽 벽 선반에는 물건이 잔뜩 쌓여 있었고, 맞은편에는 공구들이 줄지어 놓인 긴 탁자가 있었다. 바닥에는 요구르트 병에서부터 돌돌 말린 구리선이 가득 든 드럼통까지, 다양한 크기의 물건들이 잔뜩 어질러져 있었다.

"다 네가 모은 거야?"

"응, 벼룩시장이랑 중고 사이트, 인터넷 쇼핑몰에서 주로 사 모아."

하지만 그 사이에 어울리지 않는 물건도 하나 있었다. 긴 줄이 달린 낡은 기타였는데, 중간쯤에 드럼 스틱이 묶여 있었다.

"저건 연주하려고 가져다 둔 거야?"

"아니야, '알람 기타'인데 발명을 막 시작할 때 만든 거야."

타일러가 기타를 집어 들었다. 그러고는 끈을 문손잡이에 묶어 팽팽하게 만든 뒤, 기타는 문 옆의 거치대에 세웠다. 끈에 매달린 드럼 스틱이 허공에서 대롱대롱 흔들렸다.

"이렇게 해 두면 문이 열렸을 때, 드럼 스틱이 기타에 닿으면서 소리가 나. 이름 그대로 알람이야."

타일러가 문을 열어 보였다. 문이 열리자 팽팽했던 끈이 느슨해지더니, 드럼 스틱이 기타 줄에 닿아 맑은 소리를 냈다.

"그냥 알람 시계를 써도 되잖아. 아니면 어차피 부모님이 깨워 주실 텐데, 그때 일어나면 되는 거 아냐?"

타일러가 깊은 한숨을 내뱉었다. 뭔지는 모르겠지만 내가 중요한 걸 놓친 모양이었다.

"우선, 시계 알람은 귀가 아파. 그리고 짜증 섞인 목소리보다는 기타 소리로 깨는 것이 낫지. 잠에서 깨자마자 옷 입고, 이 닦고, 아침 먹으라는 잔소리를 듣긴 싫잖아."

그러고 보니 그 말에도 일리가 있었다.

"아무튼 이 방에서 네 발명품이 탄생한다는 거네?"

"응, 마법이 일어나는 곳이지."

타일러가 자랑스럽게 양손을 쫙 펼쳤다.

"혹시 다른 발명품은 없어?"

"그걸 이제야 묻다니!"

타일러가 손을 쭉 뻗어 천장에 달린 빨간색 끈을 잡아당겼다. 그러자 삐거덕 소리와 함께 천장이 열리더니, 쟁반 하나가 덜컹거리며 내려왔다. 그 위에는 과자 통과 보온병, 플라스틱 컵 두 개가 놓여 있었다.

"'천국에서 내려온 간식 서비스'야. 자, 먹어."

나도 모르게 입이 떡 벌어졌다.

"발명품을 만드느라 바쁠 땐 이걸 이용해. 간식을 천장 위에 두면 아래가 난장판이어도 먼지로부터 안전하지."

"이거 진짜 좋은데? 천장 위에 다른 건 안 둬?"

타일러가 과자를 집어 들며 생각에 잠겼다.

"간식말고는 없어. 하지만 그 아이디어도 좋네. 방은 깨끗하게 두고 필요할 때마다 물건을 꺼내서 내리는 거야."

나는 천장에서 내려온 쟁반을 다시 살피며 말했다.

"여기에 읽던 책이나 수면 안대처럼 저녁 시간에만 쓰는 물건이나 작아서 잘 잃어버리는 물건들을 놓아두어도 좋을 것 같아."

"오, 좋아! 역시 너랑 있으면 아이디어가 마구 떠오른다니까. 너는 정말 나한테 꼭 필요한 친구야."

나는 타일러와 마주 보고 웃었다.

"그런데 너, 물건을 자주 잃어버려?"

"아니, 나 말고 우리 엄마."

오늘 아침에도 주전자 위에 있던 수건이랑 빵 상자 위에 있던 안경을 찾느라 한참을 헤맸다. 대체 왜 그런 물건이 거기에 있었던 걸까?

"그래? 그럼 내 도움이 꼭 필요하시겠네."

"그럴 수 있다면 좋겠지."

"좋아! 어디 한번 뭔가를 떠올려 볼까?"

타일러가 벌떡 일어나 연필과 메모지를 집어 들었다.

"우선은 문제 상황을 전부 적어야 해. 그리고 마인드맵을 그리는 거야. 그게 생각을 정리하고 문제를 해결하는 데 도움이 되거든."

타일러가 전에 그렸던 마인드맵을 보여 주었다. 종이 한가운데에 그려진 커다란 원과 그 원을 중심으로 뻗어 나온 작은 원들에 단어가 하나씩 적혀 있었다.

"이게 해결책을 위한 지도라고? 하지만 이런 지도로 길을 찾다가는 밤새 헤매느라 완전 녹초가 될 것 같은데?"

나는 급하게 입을 다물었다. 무심코 툭 튀어나온 말이었다. 아, 또 아무 생각 없이 떠오르는 대로 말해 버렸다.

그런데 정작 타일러는 웃기만 했다. 기분이 이상했다. 내가 농담을 주고받는 사람은 엄마뿐인데⋯⋯. 하지만 왠지 걱정이 되지는 않았다. 타일러에게는 마음을 솔직히 털어놓는 것도, 농담을 하는 것도, 긴장을 푸는 것도 다 괜찮을 듯한 느낌이 들었다.

"마인드맵은 깊이 생각하면 안 돼. 말이 안 되더라도 무조건 다 쓰는 게 규칙이야. 그러다 보면 해결책이 나타나거든."

타일러는 자못 진지했다. 이 녀석은 분명히 시간을 들여서 엄마한테 도움이 될 발명품을 만들 것이다. 그 일에 그만한 가치가 있다고 여기는 것이 느껴졌다.

"정말 고마워."

"친구 좋다는 게 뭐겠어? 새 발명품은 분명 너희 엄마가 두 번 다시 물건을 잃어버리시지 않게 할 거야."

나는 피식 웃었다.

"진짜 그렇게 된다면 너는 정말 천재일 거야. 인정할게."

그 말에 타일러가 한껏 심각한 얼굴로 나를 바라보았다.

"잭, 그건 이미 누구나 알고 있는 사실이라고."

내가 몰랐던 내 모습

나는 학교에서도 진짜 모습을 보이는 데에 조금씩 익숙해지고 있었다.

국어 시간이었다. 이번 시간에는 바다에서 폭풍을 만나 외딴섬에 고립된 상황을 상상해서 대본을 짠 뒤 발표를 하기로 했다.

"한 명은 해설을 맡고, 다른 한 명은 그 말에 반응하면서 마임을 하는 거야. 자신이 느끼는 것을 오직 표정과 몸짓으로만 표현해야 해. 자, 그럼 시작."

"잭, 너는 뭘 하고 싶어?"

선생님의 말이 끝나자마자 타일러가 발뒤꿈치로 제자리 뛰기를 하며 물었다. 오늘 신은 신발은 말랑말랑한 고무 접착제가 덕지덕지 붙은 운동화였다.

"말하는 사람, 아니면 안 하는 사람? 음……, 내가 뭔가를 만들려면 말 안 하는 사람을 맡아야 되나?"

"그거 좋네. 그래야 5분이라도 네가 입을 다물 테니까."

뒤에 앉아 있던 조이가 타일러에게 톡 쏘아붙였다. 나는 뭐든 좋다고 말하려고 했다.

"내 생각엔 말하지 않는 역할을 잭이 맡으면 더 잘할 것 같은데?"

선생님이었다. 선생님은 뭔가를 알고 있다는 듯이 나를 바라보며 의미심장하게 웃었다.

결국 타일러는 해설자, 나는 연기자 역할로 정해 대본을 만들었다. 우리는 코믹한 대본을 짰기 때문에 모든 걸 과장해서 표현해야 했다. 섬에 도착했을 때는 아주 참혹한 표정을 지었고, 타일러가 피난처 만드는 시늉을 하는 장면에서는 어처구니없는 표정에 아주 형편없다는 몸짓을 더했다. (타일러는 "여기가 우리 대본 중에서 제일 말이 안 되는 부분이야. 내가 만든 피난처가 형편없을 리 없다고."라며 투덜거렸다.) 말을 못 해서 답답할 때는 킹콩처럼 가슴을 쿵쿵 치기도 했다. 살짝 미친 것처럼 보일지도 모르지만 그런대로 꽤 재미있었다.

사실 나에게 말을 하지 않고 표정과 몸짓만으로 의사를 표현하는 것은 별로 어려운 일이 아니었다. 엄마랑 노는 것과 똑같았기 때문이다. 그동안 웃지 않으면서 상대방을 웃기는 게임을 엄마와 자주 했다. 그 덕분에 타일러는 연습하는 내내 웃느라고 정신이 없었지만, 나는 단 한 번도 웃지 않았다.

"잭, 선생님의 말뜻이 뭔지 알았어."

"무슨 소리야?"

내가 묻자 타일러가 고개를 저었다.

"몰라? 그럼 나도 말 안 해 줄래."

그러고는 입을 꾹 다물었다. 나도 굳이 더 묻지는 않았다. 우리는 연습을 몇 번 더 한 뒤 교실로 돌아갔다.

다른 아이들이 발표를 하고, 곧 우리 차례가 되었다. 갑자기 긴장감이 몰려왔다. 연습대로 하면 내가 너무 바보처럼 보일까 봐 은근히 걱정이 되기도 했다. 하지만 그 생각을 하자마자 타일러가 속삭였다.

"아까처럼 해. 진짜 최고였어."

나는 결국 연습한 대로 했다. 반 아이들 모두가 엄청 크게

웃었다. 분명히 비웃음은 아니었다. 선생
님도 박수를 힘껏 쳐 주었다.

"잭, 선생님 생각대로 너는 타고난 연기
자야. 표정이 아주 풍부해. 정말 재미있
었어."

"맞아. 너, 표정에 재능이 있더라. 내가 발명에 재능이 있
는 것만큼 말이야. 뭐, 거의 그만큼이라는 뜻이야."

타일러가 덧붙이자 선생님 얼굴에 미소가 감돌았다.

하긴, 전학 갈 때마다 나를 완전히 다른 사람처럼 꾸며 내
고는 했다. 그러니 연기를 잘한다는 것이 아주 틀린 말은 아
니었다. 물론 이 이야기까지 할 수는 없었지만…….

"칭찬해 주셔서 감사합니다. 너도 고마워."

오늘은 그동안과는 완전히 다른 날이었다. 진짜 나를 보여
주었고, 그런 나를 모두가 좋아해 주었다. 하지만 오늘 보여
준 진짜 모습이 앞으로도 계속 좋은 반응을 얻을지는 좀 더
확인해야 했다.

며칠 후, 타일러가 평소보다 활짝 웃으며 교실로 들어섰다.

"드디어 끝냈어!"

"뭘?"

"너희 엄마 문제를 해결했다고!"

나는 눈썹을 치켜올리며 물었다.

"전부? 벌써?"

"응, 새로운 발명품들을 완성했어. 내일 너희 집에 가서 보여 줘도 돼?"

우리 집에 누군가를 들이는 건 셜록 코드를 완전히 어기는 일이었다. 하지만 애초부터 타일러랑 친구로 지낸 것이 잘못이었고, 이제 와서 뭐 어쩌겠나 싶었다.

그날 저녁, 나는 엄마한테 타일러를 집에 데려와도 되는지 물었다.

"누구길래 그래? 전에는 친구를 집까지 데려온 적이 없었잖아?"

엄마가 조심스럽게 물었다. 엄마는 내가 친구를 잘 사귀지 못한다고 생각하고 있었기에 늘 걱정이 많았다. 물론 나는 친구를 '못' 사귄 게 아니라 '안' 사귄 거였다. 왜냐고? 머지않아 또 이사를 가게 될 테니까.

나는 그냥 씩 웃고는 말머리를 돌렸다.

"저녁으로 딸기 잼을 얹은 감자를 준비하는 게 어때요? 후

식은 버섯 아이스크림으로 하고, 간식은 삶은 양배추를 잘게 잘라 주면 좋겠어요."

대답을 피하려고 하는 걸 알았는지, 엄마가 나를 가만히 쳐다보았다. 하지만 더 묻지 않고 내 말을 맞받아쳐 주었다.

"귀한 손님인데 그걸로 되겠어? 닭의 간이랑 연어 케이크 정도는 내놓아야지. 그 위에는 캐러멜과 블루치즈 소스를 뿌리자."

"훌륭한데요. 타일러도 좋아할 거예요."

나는 아무렇지도 않은 듯 씩 웃었다.

다음 날, 교실로 들어서는 타일러의 손에 커다란 캐리어가 들려 있었다. 그걸 보고 깜짝 놀라서 내가 물었다.

"이게 다 뭐야?"

"천재성이 한번 발휘되니까 억제가 안 되더라고!"

그때 담임 선생님이 타일러 뒤에서 불쑥 나타났다.

"있잖니, 타일러. 다른 것은 모르겠다만, 그 '천재성'인지 뭔지는 이번 주에 있을 중간고사에서나 발휘해야 할 것 같은데! 그 안에 든 발명품 중에 제발 하나라도 네가 문제를 푸는 데 도움되는 것이 있기를 바란다."

선생님의 애처로운 경고에 타일러가 진저리를 치며 얼굴을 찡그렸다. 그 모습에 그만 웃음이 터져 나왔다.

"선생님, 저는요. 시험을 위한 문제 풀이보다는 공부를 어려워하는 사람들에게 도움을 주는 발명을 하고 싶다고요."

"그건 이미 있잖아. 영어 단어 암기 프로그램."

내 말에 타일러가 나를 물끄러미 바라보았다. 순간, 아차 싶었다. 나 때문에 타일러가 웃음거리가 되는 것은 아니겠지? 어쩌면 타일러가 불쾌해할지도 몰랐다. 하지만 타일러는 개의치 않았다. 그저 내 팔을 툭 치며 입 다물라고 장난스럽게 눈치를 줄 뿐이었다.

타일러가 선생님 심부름으로 창고에 가는 바람에 작은 소란은 금세 가라앉았다. 그리고 내가 잠깐 혼자 남겨지자, 내내 눈치를 살피던 이삭과 리비가 다가와 냉큼 말을 걸었다.

"오늘 타일러랑 너희 집에 가기로 했다며?"

이삭이 먼저 말했다. 리비도 옆에서 맞장구치듯 고개를 끄덕였다.

"게다가 타일러는 발명품을 잔뜩 가져왔고. 아주 잘됐어."

사실 나는 아직도 쌍둥이의 계획을 타일러한테 고스란히 전해야 할지, 아니면 타일러의 발명품을 '빌려' 오지 못하겠다고 쌍둥이한테 고백해야 할지 결정하지 못하고 있었다. 어느 쪽도 선택하지 못한 채 그냥 지켜보며 가만히 있었다. 그것이 가장 안전하니까. 하지만 가끔씩 왠지 모르게 찝찝한 기분이 들긴 했다.

"부자 되기 프로젝트가 제대로 굴러가면 얼마나 멋있을지 생각해 봐. 우리는 하루아침에 연예인처럼 유명해질 거야."

"어쩌면 우리를 위한 TV 프로그램이 만들어질지도 몰라. 〈발명가들 101〉 같은 거."

"〈쇼 미 더 발명〉."

"〈세상에, 이런 발명가들이〉."

이삭과 리비가 말을 주거니 받거니 하면서 킥킥댔다. 하지만 나는 의아한 기분이 들 뿐이었다. 왜 이 아이들은 발명가에 '들'을 붙이는 걸까? 발명가는 타일러지, 우리가 아닌데!

"사업이 안정되면 유튜브로 타일러의 발명 과정을 공개하는 것이 어떻겠느냐고 형이 그랬어. 사람들은 뭔가가 만들어지는 과정을 궁금해하니까, 그렇게 하면 발명품을 더 특별히 여길 거라면서 말이야. 직접 만든 물건에는 돈도 더 많이 낼 거래."

"일단은 타일러의 발명품으로 홍보를 하고, 구매하려는 사람들이 늘어나면 다른 상품도 차차 선보이는 거야. 발명품을 보러 왔다가 티셔츠나 가방도 같이 사게 하는 거지. 돈이 어마어마하게 벌릴 거야."

쌍둥이의 계획은 점점 더 거대해지고 있었다. 이 아이들은 타일러가 당연히 자기들을 도우리라고 생각하는 모양이었다. 그런데 내가 미처 입을 달싹이기도 전에 조이가 교실로 들어왔다. 이삭과 리비는 조이의 눈치를 살피면서 내게 한마디를 남기고는 제자리로 돌아갔다.

"좋은 것 좀 얻어 와. 알았지?"

조이가 자리에 앉으며 물었다.

"뭘 얻어 오라는 거야?"

"아무것도 아니야."

나는 일부러 얼버무렸다. 하지만 속으로는 제발 그 말대로 아무 일도 일어나지 않기를 간절히 바랐다.

타일러의 기막힌 선물

집으로 갔을 때, 엄마는 이미 퇴근해 있었다. 타일러의 커다란 캐리어를 보고는 엄마 역시 깜짝 놀라서 입을 쩍 벌렸다.

"세상에! 이게 다 뭐니?"

타일러가 엄마에게 다가가 악수를 청했다. 불쑥 내민 타일러의 손을 보고 엄마가 다시 한번 흠칫 놀랐다.

"안녕하세요? 만나 뵙게 되어 반갑습니다. 그리고 저건 어머니를 위해서 준비한 작은 선물 몇 가지예요."

"내 선물이라고?"

엄마 눈이 더 이상 커질 수 없을 정도로 휘둥그레졌다.

"설마 그 안에 뭔가가 가득 들어 있는 건 아니지?"

"일단 열어 보시면 알아요."

타일러가 별거 아니라는 듯이 말했다. 엄마는 여전히 어리둥절한 얼굴이었지만, 타일러는 개의치 않고 집 안으로 캐리어를 옮겼다. 그리고 부엌으로 가서 식탁 옆에 멈춰 섰다.

"여기서 열어 봐도 될까요?"

"어, 그래. 편한 대로 해. 내가 좀 도와줄까?"

"아니에요. 깜짝 놀라게 해 드리고 싶어요."

엄마는 얼굴 가득 미소를 지으며 내 쪽으로 몸을 기울인 채 나직이 속삭였다.

"저 친구, 보통이 아닌 것 같네."

"네, 맞아요."

타일러가 캐리어를 식탁 위로 올려놓았다. 그리고 가방을 열어 위쪽을 휙 들어 올리더니, 캐리어 뒤로 몸이 보이지 않게 쏙 숨었다.

"자, 이제 인생이 바뀔 만한 선물을 받으실 거예요."

타일러가 기대감을 높였다.

"기대되네. 그런데 좋은 쪽으로 바뀌는 거 맞겠지?"

엄마가 웃으며 대꾸하는 순간, 타일러의 머리가 불쑥 튀어

올라왔다.

"당연하죠! 저는 제 천재성을 평화로운 쪽에만 쓰기로 했거든요. 〈어벤져스〉 히어로들의 초능력처럼요."

"아주 훌륭해. 그런데 히어로치곤 말이 좀 많네."

내가 짐짓 핀잔을 주자, 타일러는 콧방귀를 뀌며 일부러 자존심이 상한 척했다. 하지만 첫 번째 선물을 꺼내는 순간, 얼굴 가득 피어오르는 자신만만한 미소를 도무지 감추지 못했다.

"자, 첫 번째 발명품입니다. 짜잔!"

타일러가 튼튼해 보이는 끈 하나를 꺼냈다. 허리띠 정도의 두께인 끈인데, 주머니와 고리가 잔뜩 달려 있었다.

"이건 '만능 허리띠'예요."

엄마는 타일러가 건넨 허리띠를 받아 들고

서 요리조리 자세히 살폈다.

"아하. 이 주머니에는 휴대폰이 들어가겠네. 여기에는 열쇠를 걸면 되겠고……. 어머, 펜 넣을 자리도 있잖아?"

엄마가 고개를 번쩍 들더니 엄지를 치켜세웠다.

"이거 대단한데? 정말 유용하겠어."

"좋아해 주시니 다행이네요."

뒤이어 타일러는 상자가 붙어 있는 자석판을 꺼냈다. 상자에는 작은 자석이 붙은 집게가 잔뜩 담겨 있었다. 그러니까 집게로 필요한 물건들을 자석판에 붙여 두는 것이었다. 타일러는 그냥 편하게 '자석판'으로 부르면 된다고 했다. (물론 본인이 설명할 때는 '위대한 자석판' 어쩌고저쩌고 했던 것 같다.)

'주머니 목도리'라는 것도 있었다. 겉에 박음질한 천 주머니가 여러 개 붙어 있어서, 잃어버리기 쉬운 물건들을 보관하기가 좋았다.

그중에서 엄마가 제일 마음에 들어 한 것은 붙이고 떼는 '야간 깜박이'였다. 소리에 반응하는 꼬마전구가 달려 있어서 박수를 치거나 휘파람을 불면 아주 간단하게 불을 켜거나 끌수 있었다. 깜깜한 밤에 사용하기에 딱이었다.

엄마 입에서 감탄사가 터져 나왔다.

"이거 최고야! 지금 당장 안경에 붙여야겠어. 한밤중에 깨면 주변이 깜깜해서 안경을 찾기가 힘들거든."

"그럴 때는 박수를 치거나 휘파람을 불면 돼요. 아시죠?"

"그럼. 아줌마가 휘파람을 얼마나 잘 부는데."

엄마는 흥분한 나머지, 타일러의 천재성을 칭찬하고, 칭찬하고, 또 칭찬했다. 엄마의 거듭되는 칭찬에 그 뻔뻔한 타일러마저 어쩔 줄 몰라 할 정도였다. 물론 나도 이제는 인정할 수밖에 없었다. 타일러의 발명품이 엄마의 건망증을 해결하는 데 정말로 도움이 될 거라는 사실을 말이다.

기뻐하는 엄마를 뿌듯하게 바라보던 타일러가 의미심장한 얼굴로 나를 마주 보았다. 그러고는 캐리어에서 포장지로 싼 뭔가를 꺼냈다.

"이건 네 거야. 새로운 취미가 필요해 보여서."

"윽, 뭐가 이렇게 무거워?"

보기보다 꽤 무거워서 하마터면 선물을 떨어뜨릴 뻔했다.

"매번 너보다 앞서 있는 것도 좀 질려서 말이야. 누가 봐도 내가 더 똑똑한데 빠르기까지 하면 네가 너무 안됐잖아."

포장지에 싸여 있던 선물은 바로 청록색 줄무늬에 번개 모양 장식이 반짝이는, 날개 달린 바퀴신발이었다.

나는 신발을 식탁 위에 가지런히 올려놓고 가만히 내려다보았다. 신발에서 눈을 뗄 수가 없었다. 가슴이 벅차오르는가 싶더니 웃음이 절로 새어 나왔다. 나를 위해 이걸 만들었다니, 정말이지 믿기지가 않았다.

"와! 진짜 짱이다. 타일러, 진짜 고마워."

나는 엄마에게도 신발을 보여 주었다.

"잭, 잘됐다. 아주 멋져. 그런데 너희, 이거 신고 지금 놀러 나갈 생각이니? 물론 그 전에 캐리어 안에 있는 것들을 다 보여 줄 거지? 너무 궁금해서 말이야!"

엄마가 웃으며 말하자, 타일러가 허리를 숙여 보이며 정중하게 말했다.

"물론이죠, 기꺼이요."

우리는 한참 동안 발명품을 구경하고 차를 마시며 수다를 떨었다. 그리고 엄마가 저녁을 준비하는 동안, 밖에 나가서 날개 달린 바퀴신발을 시험해 보기로 했다.

타일러가 물었다.

"고?"

"고."

우리는 육상 트랙이 있는 공원으로 가서 신발을 갈아 신었다. 사실 직접 신어 보기 전까지는 불편하지 않을지 은근슬쩍 걱정이 되기도 했다. 신발 안에 생각보다 많은 부품이 들어 있었기 때문이다. 하지만 막상 신어 보니, 지금까지 신었던 그 어떤 신발보다 편했다.

"신는 사람 발에 금방 길들여지도록 부품들을 살짝 구부려서 넣었어. 뒤꿈치에 물집이 생길까 봐 걱정하면서 타기는 싫잖아. 달릴 때는 좋은 것만 떠올려야지. 네가 얼마나 빨리 달리고 있는지, 앞선 나를 어떻게 따라잡아야 할지 같은 것들 말이야."

타일러가 나를 보며 씩 웃었다. 살랑 불어온 산들바람에 타일러의 머리카락이 사방으로 얄밉게 뻗쳐올랐다.

"너는 대체 뭘 믿고 내가 질 거라고 확신하는 거야? 나도 너랑 똑같이 네 발명품을 신고 있다고."

"하지만 너는 오늘 처음 신는 거잖아. 이보게, 친구. 나는 그동안 실전 경험을 많이 쌓았다네."

나는 타일러를 쓱 째려보며 눈썹을 꿈틀거렸다.

"어디 두고 보자고."

"정말 표정이 풍부하다니까."

타일러가 한참을 깔깔댔다.

우리는 달리기 시합을 하기로 했다. 타일러가 리모컨의 작동 방법을 알려 주었다. 날개가 퍼지는 버튼, 바퀴가 튀어나오는 버튼, 속도를 조절하는 버튼이 하나씩 있었다.

내가 출발선에 서자 타일러가 물었다.

"연습해 보는 게 좋을 텐데……. 괜찮겠어, 진짜로?"

"당연하지. 어서 준비나 해."

나를 바라보는 타일러의 눈빛이 반짝 빛났다.

"좋아. 준비……, 출발!"

발을 힘차게 내딛었다. 그새 앞선 타일러가 오른쪽과 왼쪽을 능숙하게 오가며 지그재그로 달렸다. 나도 그에 질세라 바퀴의 날개를 펼쳤다. 순간, 균형이 틀어지며 몸이 기우뚱했다. 타일러 말대로 제대로 타기까지는 연습이 꽤 필요할 것 같았다.

나는 균형을 맞추기 위해 몸을 조금 낮췄다. 바람 저항이 작아지면서 속도가 조금 붙었다. 발을 가능한 한 빨리 밀어내며 바람을 가르고 나아갔다. 멀리서 타일러의 웃음소리가 들렸다.

"어때? 기분 최고지?"

나는 소리쳤다.

"응! 생각보다 훨씬!"

신발 옆으로 툭 튀어나온 날개가 윙윙 소리를 냈다. 날개 덕분에 신발이 땅 위로 약간 떠 있었다. 당장이라도 하늘을 날아오를 것 같았다. 아니, 거의 날고 있었다!

곡선 구간에서도 속도를 줄이지 않고 힘껏 내달렸다. 한쪽에 우리를 지켜보는 아이들이 보였다. 하나같이 입을 떡 벌리고 있었다. 나는 더 이상 투명인간이 아니었다. 거기 있는 누구보다 눈에 띄었다. 셜록 코드를 따를 때 하지 말아야 할 모든 행동을 하는 중이었다.

정말, 짜릿했다!

그리고 드디어 골인! 내가 이겼다. 아마 타일러가 봐준 듯했다. 허리를 굽히고 숨을 몰아쉬는 내 옆으로 타일러가 천천히 다가와 한 바퀴를 빙글 돌더니 어깨를 툭 쳤다.

"날개 달린 바퀴신발의 세계에 들어온 걸 환영해."

"고마워……. 정말 재미있었어."

솔직히 재미있다는 말로는 부족했다. 오늘은 최근 몇 년 중 최고의 날이었다. 하지만 그 기분은 오래가지 않았다.

새까맣게 잊고 있었다. 아빠로부터 엽서가 거의 두 달 가까이 오지 않았다는 것을. 욕실에서 몸을 씻고 방으로 돌아가자 침대 위에 엽서가 놓여 있었다. 엄마가 항상 놓아두는 바로 그 자리였다.

아빠는 만나러 오진 않았지만, 한 달에 한두 번씩 엽서로 짧게 소식을 전했다. 이번에도 여느 때처럼 내용이 길지는 않았다. 직장 생활과 날씨 얘기를 한 다음, 새로운 동네가 마음에 드는지 등을 묻는 시시콜콜한 내용이었다. 다른 점이라면 엽서 뒤에 '아빠 집!'이라는 설명이 달린 건물 사진이 붙어 있었다는 것이다.

문득 아빠가 어떻게 지내고 있는지 궁금했다. 아직도 책을 읽으면서 온 방을 돌아다닐까? 줄무늬 목도리는 어디에 두었을까? 퇴근 후의 빈집이 썰렁하다고 느끼지는 않을까? 정리할 게 많았던 예전의 난장판이 그립지는 않을까?

하지만 진짜 궁금한 건 따로 있었다. 답장도 오지 않는 엽서를 계속 보내는 이유가 무엇인지……. 정말로 내가 보고 싶어서일까? 아니면 학교 숙제처럼 해야 하는 일이기 때문일까?

그 답이 무엇이든, 나는 여전히 답장을 보낼 준비가 되어 있지 않았다.

셜록 코드를 따르라!

나는 얼마 전부터 타일러와 버스 정류장에서 만나 같이 등교했다. 내게는 어떻게 보면 모험이나 다름없었다. 타일러를 기다리다가 지각할 뻔한 적이 한두 번이 아니었기 때문이다. 아무튼 그 덕분에 타일러와 더 많은 대화를 나누기는 했다. 보통은 셜록 코드를 따르면서 관심을 다른 쪽으로 돌리고 싶을 때만 질문을 하는데, 타일러에게만큼은 나도 궁금한 것이 아주 많았다.

"너는 누나랑 사이가 좋은 것 같더라."

"그런 편이야. 평소에 누나 덕을 보는 일이 많거든."

타일러가 말을 하다 말고 앞으로 휙 뛰쳐나갔다. 남의 집 쓰레기통 옆에 놓인 세발자전거 바퀴를 줍기 위해서였다.

"누나는 정말 대단해. 예전에 레이싱 카를 타겠다고 선언한 적이 있거든? 물론 부모님은 위험하다고 반대를 하셨지. 그랬더니 파워포인트로 발표를 준비했지 뭐야. 규칙을 지키고 정해진 대로만 타면 얼마나 안전한지를 숫자만으로 설명했다니까! 거짓말이나 과장도 없었어."

그때가 떠오르는 듯 타일러의 얼굴에 웃음이 피어올랐다.

"그리고 또 언제였더라……. 내가 밤에 잠을 자러 가면서 양말을 벗었거든. 너도 짐작하겠지만, 그때쯤이면 양말에서 냄새가 엄청 나잖아."

타일러가 손가락으로 자기 코를 꽉 쥐어 보였다.

"아무튼 양말을 벗어서 둥글게 말아 휙 던졌는데, 그게 하필이면 아빠 코에 정통으로 맞은 거야."

냄새나는 양말을 맞은 타일러 아빠의 표정이 대번에 떠올라 저절로 웃음이 비어져 나왔다.

"그때 누나가 나서서 그건 양말이 아니라 내가 발명한 '고린내 양말 폭탄'이라고 말해 줬어. 내가 냄새나는 양말을 이유 없이 던지진 않았을 거라고, 다른 생각이 있었을 거라고 생각했대. 그러고 보니까 본격적으로 발명을 시작한 것도 그때부터였어."

타일러가 말을 이었다.

"무엇보다 문제가 생겼을 때 조언을 많이 받아. 쌍둥이가 온라인에서 내 물건을 팔고 싶어 했을 때도 그랬어."

"이삭하고 리비 말이야……?"

나도 모르게 등골이 서늘해졌다.

"응, 걔들이 그러자고 하더라고. 물론 관심 없다고 거절했지만."

"사실은……, 나한테도 그랬어. 내가 너랑 그 문제에 대해 이야기해 봤으면 좋겠다고……."

이삭과 리비가 처음 말을 꺼냈을 때, 아무 말 하지 않고 가만히 있었던 게 후회스러워졌다. 타일러의 표정을 보니 더욱더 그런 기분이 들었다.

타일러가 입술을 깨물며 말했다.

"그럼 네가 그 애들한테 내 아이디어는 절대로 팔지 않을 거라고 전해 줄래?"

"알았어. 나도 네가 관심 없을 거라고 생각했어. 그래서 그동안 아무 말 안 했던 거야."

그건 사실이었다. 물론 타일러가 혹시라도 쌍둥이와의 일로 나를 더 이상 좋아하지 않게 될까 봐 걱정되기도 했지만.

"미안. 나 때문에 너까지……. 너도 직접 얘기를 들었으니까 이미 알겠지만, 그 아이들은 돈 버는 일 말고는 아무 관심이 없어. 내가 하려는 것을 이해하지 못해. 그럴 생각도 없고. 그래서 처음부터 싫다고 했어. 나하고는 얘기가 안 통하니까 결국 너한테 떠넘긴 거지."

나는 쌍둥이가 타일러를 놀라게 해 주겠다며 어떤 계획을 세우고 있는지까지는 말하지 않기로 했다. 내가 먼저 말을 꺼내지 않은 것도, 그 아이들의 말대로 발명품을 '빌리지' 않은 것도 정말 다행이었다.

"네가 쌍둥이랑 더 이상 친해지지 않아서 다행이야. 너희가 잘 맞는 것 같진 않았거든. 아니야?"

"음……, 그래 보였어?"

"너는 쌍둥이가 어떤 아이들인지 이미 알고 있을 거야. 이사를 자주 다니면서 새로운 사람들을 많이 만났을 테니까. 그만큼 빨리 파악하겠지. 네가 사람들의 말을 잘 들어 주는 것도 그래서잖아?"

타일러의 생각처럼 나는 정말로 쌍둥이와 잘 맞지 않았던 걸까? 만약 그렇다면 그 아이들의 계획을 듣자마자 타일러한테 귀띔해 줬어야 하는 게 아닐까?

사실 그때는 확신하지 못했다. 그래서 아무 말도 하지 않았다.

'입을 꾹 다물고 있어라.'

그저 내가 잘하는 셜록 코드를 따랐을 뿐이다. 머릿속이 복잡했다.

집에 돌아왔을 때는 유난히 집 안이 조용했다.

나는 곧장 방으로 올라갔다. 그때 엄마 방에서 웅얼거리는 소리가 들렸다. 누군가와 전화 통화를 하고 있는 모양이었다. 방이 가까워지자 엄마 목소리가 한결 또렷해졌다.

"이해해요, 프란시스. 정말이에요. 하지만 내가 잘해 낼 수 있을지 모르겠어요."

순간, 나도 모르게 두 발이 우뚝 멈춰 섰다. 식은땀이 날 때처럼 온몸이 축축해졌다. 프란시스 아저씨가 얘기를 하는 중인지 잠깐 말을 끊었던 엄마가 다시 이었다.

"알겠어요. 네, 생각해 볼게요. 하지만 지금으로서는 확답을 할 수가 없어요. 네."

이제 전화 통화를 마치려는 듯 엄마가 작별 인사를 건넸다. 나는 엄마가 밖으로 나오기 전에 얼른 내 방으로 갔다. 하지만 엄마 목소리가 계속 귓가에서 맴돌았다.

'내가 잘해 낼 수 있을지 모르겠어요.'

엄마는 전에도 비슷한 말을 한 적이 있었다. 새로 들어가는 프로그램 기획을 거절할 때였다. 모든 게 확실해졌다. 지금의 직장을 그만둘 계획인 거다.

일이 마음에 든다고 하더니, 혹시 나를 위해서 억지로 참고 노력하는 중이었던 걸까? 엄마가 직장을 그만둔다는 건 우리가 또다시 이사를 가야 한다는 뜻이었다. 우리는 이사를 갈 것이다. 아마도 곧 그렇게 될 것이다.

문득 내가 크게 실수했다는 것을 깨달았다. 그동안 나는 셜록 코드를 제대로 따르지 않았다. 내가 왜 셜록 코드를 만들었는지 까맣게 잊고 있었다. 셜록 코드를 따르지 않고 있다 보면, 늘 오래지 않아 나 자신을 추슬러야 하는 일이 생기곤 했다.

나는 아빠가 떠나고 난 뒤, 한동안 '떠올리지 않는 연습'을 했다. 아빠와 관련된 기억을 전부 지우고 어떻게든 생각하지 않으려고 한 것이다. 그래야 아빠를 그리워하지 않을 수 있었고, 아빠가 떠난 날 느꼈던 감정을 되새기지 않을 수 있었으니까.

그건 체력 단련과 비슷했다. 처음에는 근육통에 시달리며 고통스럽지만, 연습을 되풀이할수록 고통이 줄어들면서 훈련에 익숙해지는 것이다. 그런데 또 이사를 가게 된다면? 나는 잊는 연습을 다시 해야 할 것이다.

그 생각 때문에 주말 내내 제대로 잠을 잘 수가 없었다. 이틀 밤을 꼬박 뜬눈으로 지새웠다. 밤이 되자 가로등 불빛이 흘러 들어와 방 안을 환하게 비쳤다. 선반에 기대어 놓은 엽서가 보였다. 아빠는 내가 어떻게 해야 좋을지 알고 있을까? 곧 떠난다는 말이라도 해 두어야 할까?

책상 위로 날개 달린 바퀴신발의 그림자가 늘어져 일렁였다. 날개 달린 바퀴신발은 이제 제프리 B. 스테이플턴 다음으로 좋아하는 물건이 되었다. 타일러는 저 신발을 만들려고 엄청나게 고생했을 텐데……. 나랑 친구가 되려고 그토록 노력했는데, 애써 친해진 애가 고작 몇 달 만에 이사를 가게 되다니. 얼마나 허무할까? 그동안 괜한 노력을 들였다고 생각할지도 몰랐다.

아무것도 생각하고 싶지 않았다. 하지만 생각이 멈추지 않았다. 엄마는 나쁘게만 보였던 상황도 아침이 되면 희망적이고 긍정적으로 바뀐다고 했다. 나는 그 말이 옳다는 걸 증명하기 위해 밤새 생각하고 또 생각했다.

그리고 아침이 밝아 왔다. 내가 뭘 해야 할지 생각이 얼추 정리가 되었다. 타일러와 더 가까이 지내면 떠날 때 힘들기만 할 뿐이었다. 되도록 빨리 바뀐 상황에 적응하는 편이 서로를 위한 길이었다. 나는 다시 셜록 코드를 따르기로 했다. 그 어느 때보다 완벽하게.

등굣길에 타일러랑 마주치지 않으려고 평소보다 일찍 집을 나섰다. 내 가방에는 타일러가 준 날개 달린 바퀴신발이 들어 있었다. 이걸 돌려준 다음, 셜록 코드에 맞춰 행동하면 타일러도 금방 내 뜻을 알아차리리라.

그런데 타일러는 확실히 멀어지기 힘든 아이였다.

"잭! 먼저 간다고 미리 말 좀 해 주지 그랬어! 한참을 기다렸잖아."

수업 시작종이 울리기 직전, 타일러가 폴짝대며 교실로 뛰어 들어왔다. 평소보다 더 흥분한 걸 보니, 주말 사이에 무슨 일이 있었던 듯했다.

"어, 왔어?"

나는 가방에서 필통을 꺼내며 최대한 건성으로 대답했다. 하지만 전혀 효과가 없었다.

"토요일에 옆집으로 새 이웃이 이사 왔거든. 그래서 인사도 할 겸 놀러 갔지. 그런데 이사 온 사람이 신기한 동물을 잔뜩 기르고 있는 거야!"

평소라면 귀가 솔깃해질 만한 이야기였다. 하지만 지금은 짐짓 흥미롭지 않은 척하며 아무 표정 없이 고개만 끄덕여야 했다. 마치 타일러가 '이사 온 집에 이삿짐이 잔뜩 널브러져 있는 거야.'라고 대수롭지 않은 사실을 말한 것처럼.

내 반응이 시큰둥하자 타일러의 얼굴이 살짝 굳어졌다. 하지만 조금 피곤한 상태이거나, 아니면 얼마나 흥미로운 일인지 아직 깨닫지 못했다고 생각하는 것 같았다.

"그 신기한 동물이 뭐였는지 알아? 흰 페럿이랑 앵무새 세 마리, 그리고 라마가 있더라고! 심지어 산책도 한대. 다 같이 동시에 나가지는 않지만."

신나게 떠들던 타일러가 잠깐 말을 멈추고 생각에 잠겼다.

"왜 그런 거지? 서로 싸워서 그런가? 그건 모르겠네. 나중에 물어봐야겠어. 그런데 셋이 싸우면 누가 이길까?"

"하, 하, 하……. 그것참 재밌는 이웃이네."

나는 지루해하는 것처럼 들리길 바라며 일부러 어색하게 말했다.

"재밌다고? 그 정도가 아니지! 호기심을 제대로 자극하는 이웃이 생긴 건데! 게다가 그 동물들한테 뭐가 필요할지 잘 생각해 봐."

그때 교실에 막 들어선 조이가 내 자리로 오며 말했다.

"음, 산책할 때 필요한 목줄?"

"바로 그거야. 페럿, 앵무새, 라마를 위한 목줄과 먹이 그릇! 동물 전용 발명품을 만들어 주면 엄청 도움이 되겠지? 이번에는 진짜 유명해질지도 몰라!"

타일러가 내 얼굴을 살폈다. 내가 반응하기를 기다리는 눈치였다. 하지만 나는 일부러 가만히 있었다. 타일러의 웃음이 희미해졌다.

마침 조이가 페럿이 정말로 사람들의 바지를 타고 오르는지 알아봐 달라며 말을 걸었다. 타일러의 시선이 조이에게로 옮겨 갔다. 관심이 다른 데로 옮아가서 다행이었다. 그 틈에 나는 자리를 벗어나 선생님을 도우며 타일러를 피했다.

그 후로도 타일러는 나와 대화를 나누려고 여러 번 시도했다. 나는 반응하지 않으려고 애썼지만, 타일러를 모르는 척하는 건 정말로 쉽지 않은 일이었다. 특히 "라마가 오줌을 5분이나 싼다는 걸 알고 있었니?"와 같은 질문을 던질 때면 더 그랬다.

그러나 오후가 되자 타일러도 결국 눈치를 챈 것 같았다. 마지막 쉬는 시간 종이 울렸을 때, 타일러가 내게로 다가왔다.

"잭, 오늘 대체 왜 그래?"

"내가 뭘?"

"내 말이 귀찮았어? 아니면 내가 뭘 잘못한 거야?"

나는 타일러의 눈길을 슬그머니 피했다.

"그런 거 아니야."

"그런데 왜 나랑 말을 안 하려고 해?"

"지금 하고 있잖아."

"그런 말이 아니잖아?"

"글쎄, 네가 뭘 말하는지 모르겠어."

나는 하루 종일 신경을 곤두세우며 언제 건넬지 고민하던 날개 달린 바퀴신발을 가방에서 꺼냈다. 지금이 전해 주기에 적당한 때라는 생각이 들었다. 막상 타일러에게 신발을 내밀자, 갑자기 배 속이 뒤틀리는 것 같았다.

"자, 이거. 돌려줄게. 나랑은 잘 안 맞더라고."

타일러가 신발을 잠시 내려다보더니 내 얼굴을 빤히 쳐다보았다.

"발에 안 맞아?"

"응."

그 말을 하면서 다시금 셜록 코드를 떠올렸다.

'대답은 간단하고 무난하게 하라.'

타일러는 바퀴신발을 내 책상에 다시 내려놓았다.

"싫어. 이건 널 위해 만든 거라서 나한테도 안 맞아."

타일러가 높낮이 없는 목소리로 말했다. 나는 맘대로 하라는 듯 어깨를 으쓱해 보이고 자리에서 일어났다. 타일러가 어떻게 했는지는 돌아보지 않았다. 다만 교실로 돌아왔을 때 바퀴신발이 사라진 걸 보고는 타일러가 가져간 모양이라고만 생각했다.

나는 이제 모든 것이 무난하기만 할 뿐, 개성이라곤 전혀 없는 잭으로 돌아왔다. 그리고 혼자가 되었다. 그동안 타일러하고만 놀았던 탓이었다. 물론 괴롭히거나 시비를 거는 아이는 없었다. 그렇다고 굳이 다가와 친근하게 대해 주는 아이도 없었다.

다만, 나를 보는 조이의 시선이 전에 없이 냉랭했다. 내가 타일러한테 못된 짓을 했다고 생각하는 것 같았다. 그렇게 생각하는 조이를 탓할 수도 없었다.

그 시간 이후로 타일러는 더 이상 내게 말을 걸지 않았다. 의도한 대로 되었으니까 차라리 다행이라고 해야 할까?

그런데 타일러를 볼 때마다 너무 괴로웠다. 다른 사람인 척하는 게 아니라, 내 모습 그대로 지내는 일이 얼마나 기분 좋았는지가 계속 떠올랐기 때문이다.

나는 셜록 코드를 따르는 일 말고는 아무것도 하지 않았다. 하지만 그것은 너무 지루했다. 타일러랑 놀 때는 항상 뭔가를 생각해야 했는데……. 이제는 그저 하루라도 빨리, 다른 학교로 전학 가고 싶은 마음뿐이었다.

이삭과 리비도 내게 흥미를 잃은 듯했다. 타일러에게 뭔가를 빌리려 애쓰고는 있는지, 자기들의 계획을 알리기는 했는지도 묻지 않았다. 시간이 나면 그저 둘이 소곤대느라 바빴다. 아마 투덜이 마크에 대해 떠들고 있는 거겠지? 내가 좋아하는 이야깃거리는 아니지만, 어울릴 사람이 있다는 것만큼은 부러웠다.

엄마는 집을 비우는 시간이 점점 늘어났다. 그사이 회사에 대해 두어 번쯤 더 물었지만, 그때마다 괜찮다고만 했다. 엄마는 대체 언제쯤 떠날 생각인 걸까? 아직 이사를 가기 전인데, 이미 옛날로 돌아간 것 같았다.

매일 밤마다 침대에 누워서 생각을 정리했다. 머릿속에 타일러의 미소가 자꾸만 떠올랐다. 새로운 발명품을 선보이며 짓던 그 웃음을 머릿속에서 내보내려 애썼다. 어렵사리 생각이 사라지면 목소리가 튀어나와서 귓가를 맴돌았다. 날개 달린 바퀴신발이 꼭 맞는 것을 보고 "그래, 꼭 누군가가 너를 위해 특별히 만든 것 같지?"라고 말하던 목소리가……. 그 목소리를 지우기 위해 무진장 애를 썼다.

하지만 기억을 하나씩 내보낼 때마다 다른 기억이 새롭게 툭툭 불거졌다. 뚜껑을 열면 용수철 인형이 튀어나오는 장난감 상자처럼. 어떻게 해야 아무렇지 않게 셜록 코드를 따를 수 있을까? 나는 두 눈을 멀뚱멀뚱 뜬 채 천장을 하염없이 바라보았다.

그러다가 천장에 생긴 거미줄 같은 균열을 하나하나 세면서 한참 동안 시간을 흘려 보내기도 했다. 하지만 진짜 균열은 천장에 있는 것이 아니었다.

빗나간 예상

타일러를 무시하려고 한 지 며칠이 지났을 때였다. 담임 선생님이 실험실에 남아서 정리하는 걸 도와 달라고 부탁했다. 나는 선생님의 부탁이 은근히 기뻤다. 얘기를 나눌 친구가 없는 쉬는 시간은 이제 별로였다.

나는 말없이 실험대를 걸레로 닦았다. 그때 선생님이 말을 걸었다.

"잭, 혹시 타일러랑 무슨 일 있었니?"

순간, 나도 모르게 멈칫했다. 선생님은 반 아이들이 사이 좋게 지내는 것을 가장 중요하게 여겼다. 아무 일 없다고 말해도 소용이 없을 듯했다. 이미 선생님이 미심쩍게 느꼈다면 내 말을 믿지 않을 테니까. 그래서 아예 거짓말을 할 수는 없 겠다고 생각했다.

"그냥 너무 친하게 지내지 않으려고요."

"혹시 타일러가 너한테 화낼 만한 일을 한 거야? 말을 함부 로 했다거나?"

베이킹파우더를 통에다 쓸어 담던 선생님이 허리를 펴면 서 물었다.

"아니요, 타일러 때문이 아니에요! 정말로요."

나는 얼른 고개를 저었다. 나 때문에 타일러가 곤란해지는 건 싫었다.

선생님은 안심했다는 듯 한숨을 폭 내쉬었다.

"선생님도 알아. 타일러가 좀 기운이 넘치는 편이지. 그래 도 친구를 일부러 기분 나쁘게 할 아이는 절대 아니거든."

"네, 맞아요. 아무튼 싸우거나 뭐……, 그런 건 아니에요."

"그러면 왜 타일러와 거리를 두어야겠다고 생각한 거야?"

선생님이 내 얼굴을 살피며 부드럽게 돌려 물었다. 나는 대충 둘러댈까 고민하다가 진짜 이유를 말하기로 했다.

"저희 엄마가 직장을 그만두실 거거든요. 조만간 이사를 갈 거 같아요. 그러면 머지않아 헤어지게 될 테니 미리 조금 거리를 두려고요. 그게 나아요."

선생님이 얼굴을 찌푸렸다.

"잭, 어머님께서 직장을 옮기신다고 꼭 이사를 가게 되는 건 아니잖니?"

지난 2년 동안, 엄마는 직장이 바뀔 때마다 이사를 했다. 그래서 직장을 그만두리라는 걸 알았을 때, 여기에 살면서 다른 직장을 구할 거라는 생각은 전혀 하지 않았다.

왜냐하면 엄마에게 이사는 새 출발을 의미했다. 이번만큼은 모든 게 잘될 거라고, 모든 게 달라질 거라고 생각하게 하는 힘이었다. 항상 그랬다. 하지만 선생님한테 그걸 어떻게 설명해야 할지 알 수가 없었다. 그래서 그냥 마지막 말만 내뱉었다.

"항상 그랬거든요."

잠깐 동안 침묵을 지키던 선생님이 내 눈을 마주 보았다.

"잭, 어머니와 이야기를 나눠 보는 게 어떻겠니? 그리고 타일러하고도. 그동안 이런 상황에 처하면 혼자 판단해서 대처해 온 모양이구나? 하지만 상황이나 사람은 항상 예상을 벗어나게 마련이야. 심지어 180도로 바뀌기도 하지."

나는 건성으로 고개를 끄덕였다. 실제로 그렇게 할 생각은 없었다. 어른들의 판단이 언제나 옳은 것은 아니니까.

학교를 마치고 집에 돌아갔을 때, 엄마는 여느 때처럼 일찍 퇴근해 있었다. 내가 들어오는 소리에 서류 뭉치를 읽던 엄마가 고개를 들었다.

"잭, 왔니? 이쪽으로 와 봐. 잠깐 얘기 좀 하자."

드디어 올 것이 왔다. 아마 직장을 그만둘 거라고 말하겠지. 어쩌면 이사 갈 동네까지 미리 정해 놓았을지도 몰랐다.

"요즘 엄마가 평소랑 좀 달랐지? 혹시 눈치챘니?"

내가 너무 놀랄까 봐 이야기를 돌려 말하려는 모양이었다. 그럼 눈치를 챘다고 말해야 하나? 엄마가 별로 행복해 보이지 않았다고? 하지만 곰곰 생각해 보니, 엄마가 평소보다 딱히 불행해 보인 적도 없었다. 그날 전화 통화를 할 때를 빼고는. 무엇보다 지금의 엄마 표정이 마음에 걸렸다. 좋은 얘기를 하려는 것도 아닐 텐데, 왜 저토록 밝게 웃는 걸까?

"아니요, 잘 모르겠어요."

"너라면 알아챘을 거라고 생각했는데……. 글쎄, 그동안 엄마가 안경이랑 휴대폰을 한 번도 잃어버리지 않았지 뭐니!

타일러한테서 만능 허리띠를 선물받은 후로 말이야."

엄마가 자랑스럽게 말했다.

"그리고 자석판을 써서 정리도 훨씬 더 잘하게 됐는데…….
그것도 몰랐어?"

"아, 그 얘기예요? 그거라면 알고 있었죠."

솔직히 말하면 그런 줄 모르고 있었다. 최근에는 언제 이
사를 가게 될지에만 온통 신경이 쏠려 있어서 다른 걸 생각
할 겨를이 없었다. 그러고 보니 요즘에는 엄마가 물건을 찾
아 달라고 부탁한 적이 한 번도 없었다.

"타일러를 한 번 더 초대해서 제대로 감사 인사를 할까 해.
타일러는 요즘 어떻게 지내니?"

"음, 잘 지내요."

나는 어깨를 으쓱하며 평소처럼 답했다. 하지만 내 말에서
묘한 분위기를 느꼈는지 엄마가 되물었다.

"너희, 잘 지내는 거 맞지?"

"그럼요."

"네가 좋은 친구를 만나서 다행이라고 생각했어. 엄마가
계속 바라던 일이었거든. 오래 사귈 친구를 만든다는 건 우
리가 이 동네에 잘 적응해서 계속 지낼 준비가 되었다는 뜻

이니까."

나는 엄마를 빤히 쳐다보았다. 아무리 생각해도 '더 이상 여기는 안 되겠어.'로 이어질 대화 같지가 않았다. 하지만 어리둥절한 내 표정을 못 알아차렸는지, 엄마의 말은 금방 끝나지 않았다.

"사실 진짜 중요한 이야기는 따로 있어. 잭, 완전 신나는 거야."

신나는 이야기라고? 이게 무슨 소리야?

"엄마가…… 승진하게 됐어! 행정실 총 관리자로!"

"뭐라고요?"

직장을 그만두려는 게 아니었던 거야? 엄마의 환한 웃음만큼 내 입이 떡 벌어졌다.

"2주쯤 전에 제안받았어. 물론 바로 하겠다고는 안 했지. 그걸 받아들이면 앞으로 쭉 여기서 살아야 할지도 모르잖아. 몇 년 동안은 한곳에서 오래 살지 않았으니까, 제안을 받아들이는 게 좋을지 어떨지 고민을 좀 해야 했어."

엄마가 싱글벙글 웃었다.

"다행히 네가 여기서 행복하게 지내는 것 같더라고. 엄마도 이만큼 즐겁게 일한 곳이 없었고. 촉박한 일정에 쫓길 일도, 빡빡한 예산 때문에 스트레스를 받을 일도 없었지. 그리고 무엇보다도 엄마가 정말로 중요한 일을 하고 있다고 느껴지거든."

나는 말없이 바닥만 내려다보았다. 엄마의 말 중에 내가 예상했던 내용은 하나도 없었다.

"잭, 왜 그래?"

내 반응이 뜻밖이었는지, 엄마가 걱정스러운 목소리로 물었다.

"사실은 지난주에 엄마가 전화 통화하는 걸 들었어요."

나는 고개를 푹 숙인 채 말했다.

"프란시스 아저씨한테 '잘해 낼 수 있을지 모르겠다.'고 말하는 걸요. 그래서 엄마가 곧 직장을 그만둘 거라고 생각했어요."

"지난주에 한 전화 통화라고⋯⋯?"

엄마가 그동안의 전화 통화를 몽땅 떠올리려는 듯 이맛살을 찌푸렸다. 드디어 생각났는지 표정이 이내 풀어졌다.

"아, 그날! 프란시스 아저씨랑 전화 통화한 건 맞아. 생각보다 어려운 일을 부탁받았는데, 아무래도 부담이 돼서 말이야. 아무튼 직장을 관두겠다는 뜻은 아니었어."

"그러니까……, 직장을 그만두려는 게 아니라는 거죠? 다른 데로 이사 가려는 것도 아니고요?"

"그렇다니까. 엄마한테 직접 물어보지 그랬어? 지금까지 혼자서 고민한 거야?"

엄마의 물음에 얼굴이 화끈거려서 고개를 절레절레 저었다. 왜 그랬는지 말하기 싫었다. 아니, 솔직하게 말하면 왜 그랬는지도 잘 모르겠다. 내가 생각한 게 정말일까 봐 두려웠던 게 맞지만, 그게 전부만은 아니었다.

엄마의 말은 예상과 완전히 달랐지만, 마음은 오히려 더 복잡해졌다. 여기서 오래 살 거라는 걸 알았으니, 그동안의 생존 전략을 모조리 던져 버려야 했다. 더 이상 이사하지 않을 거라면 셜록 코드를 쓸 일은 영영 없을 테니까. 그것은 홀가분하면서도 겁이 나는, 아주 묘한 기분을 안겨 주었다.

곧이어 타일러에게 못되게 굴어 상처를 준 일이 떠올랐다. 그러자 차라리 이사를 가는 편이 나을 것 같기도 했다. 한편으로는 타일러랑 다시 친구가 될지도 모른다는 사실이 기뻤다. 물론 타일러가 나를 다시 받아 주어야만 가능한 이야기지만.

다음 날, 나는 내내 타일러와 눈을 마주치려고 애썼다. 하지만 시선이 맞았다 싶으면 타일러가 등을 획 돌려 버렸다. 몹시 당황스러웠다. 그동안 대화는 거의 안 했어도 눈인사 정도는 나누면서 지냈는데……. 이렇게 대놓고 나를 무시하지는 않았다는 거다. 어제까지와는 뭔가 달라졌다는 게 확연히 느껴졌다.

게다가 쉬는 시간이면 타일러는 부리나케 교실 밖으로 튀어 나가서 어딘가로 사라졌다. 꼭 화재 경보라도 들은 것처럼 다급해 보였다. 한번은 뒤쫓아 나가려는 순간, 담임 선생님이 불러 세우는 바람에 그렇게 하지 못했다.

"잭, 타일러랑 얘기 좀 해 봤니?"

나는 차마 선생님 눈을 똑바로 보지 못하고 고개를 천천히 내저었다.

"타일러한테 무슨 일이 생겼나 봐. 평소답지 않게 예민해 보이기도 하고. 혹시라도 뭔가 듣게 되면 선생님한테도 좀 알려 줄래?"

"네, 그런데 요즘의 타일러는 제 팬클럽 회장이 아니라서요. 저한테 말해 줄지 잘 모르겠어요."

내 농담에 선생님이 괜찮다는 듯 껄껄껄 웃었다.

"요즘 너희가 예전 같지 않다는 건 알아. 하지만 지금을 잘 극복하면 두 사람은 분명히 진짜 친구가 될 거야."

그 뒤로도 타일러는 쉬는 시간이면 어김없이 사라졌다가 수업 시작종이 치기 직전에야 돌아오는 일을 반복했다. 과연 선생님 말대로였다. 뭔가 문제가 있었다. 얼굴에도 다크서클이 짙게 드리워져 있었다. 어쩌면 나보다 더 잠을 못 자는지도 몰랐다.

게다가 평소와 달리 몸도, 분위기도 잔뜩 움츠러들어 있었다. 뭔가에 정신이 쏙 빠져 있는 것 같기도 했다. 나는 그럴 때의 기분을 잘 알고 있었다. 엄마의 전화 통화를 들은 직후의 내 모습과 비슷했다. 타일러가 어떤 상태일지 가늠할수록 마음이 편치가 않았다. 일단은 말을 걸어야 했다.

나는 수업이 끝나자마자 타일러 뒤를 얼른 쫓았다. 몸에 달라붙은 테이프를 떼어 내기 직전의 심정이었다. 하지만 이런 일은 아픔을 느낄 새 없이 단숨에 해치워 버리는 것이 좋았다.

"안녕."

나는 숨을 짧게 들이마신 다음 곧바로 말을 내뱉었다. 내가 먼저 말을 걸 줄은 몰랐는지, 타일러는 얼떨떨한 표정을 지었다.

"어, 안녕."

"저기, 있잖아……. 미안해."

"미안하다니, 뭐가?"

타일러가 눈썹을 비뚜로 들어 올렸다.

"그동안 모르는 척하고 무시했던 거 말이야."

"아, 그거."

타일러가 별로 신경 쓰지 않았다는 듯이 무심하게 대꾸했다. 하지만 얼굴은 '대체 왜 그랬냐?'라고 묻고 있었다. 나는 모든 걸 솔직하게 털어놓았다.

"엄마가 직장을 그만둘 거라고 오해했어. 그래서 또 이사를 갈 거라고 생각했거든. 그래서……."

타일러가 나를 빤히 바라보았다.

"그래서?"

"너랑 더 친해지면 헤어질 때 힘들 것 같았어. 덜 친한 사이면 이사를 가더라도 금방 잊을 수 있으니까……."

나는 말끝을 흐렸다. 속마음을 솔직하게 털어놓는 순간, 셜록 코드가 그다지 현명한 방법이 아니었다는 생각이 들었다.

"곧 이사 갈 거니까 우리 우정을 헌신짝처럼 버리셨다? 내가 만들어 준 신발도 이삭이랑 리비한테 넘기고?"

타일러의 차가운 목소리에 정신이 번쩍 들었다. 물론 내가 한 행동에 대해서는 한마디 들을 거라고 예상했다. 하지만 그다음 말은 전혀 아니었다.

"뭐라고?"

"이제 이해가 되네."

타일러의 말이 빨라졌다.

"너는 나랑 남은 시간을 어떻게 보내야 할지 고민하지 않았어. 이사 간 다음에는 어떻게 연락하고 만날지 얘기해 보지도 않았고. 모든 것을 그냥 없었던 일로 하는 게 제일 쉽다고 혼자 결정을 내린 거야. 나는 아무것도 모른 채 배신을 당했어."

타일러가 고개를 절레절레 저었다.

"정말 대단해."

등 뒤로 식은땀이 쫙 흘렀다. 머리끝부터 발끝까지 온몸이 축축해졌다.

"거기에 대해선 할 말이 없어. 그런데 쌍둥이한테 내가 바퀴신발을 넘겼다고? 아니야, 바퀴신발은 그때 너한테 돌려줬잖아."

"그 애들이 도와 달라고 했다면서? 네가 전에 그랬잖아. 그건 기억하지?"

"하지만 바퀴신발을 넘기진 않았어. 정말이야!"

억울한 마음에 눈물이 핑 돌았다. 설마 리비랑 이삭이 바퀴신발을 몰래 가져간 걸까?

"웹 사이트 이름이 '바퀴와 날개'더라. 첫 페이지에 날개 달린 바퀴신발이 떡하니 걸려 있어. 물론 그 신발은 내가 너한테 만들어 줬던 바로 그거야. 너도 보면 아니라고는 못 할걸? 그리고 내가 또 뭘 봤는지 알아? 내가 발명한 다른 신발들의 광고였어. 그 애들이 내 아이디어를 다 알고 있나 봐. 아주 고맙게도 내 디자인을 네가 그 애들한테 줘 버린 덕분이겠지?"

"타일러, 나는 정말 몰랐어. 쌍둥이가 웹 사이트를 만든 건 알고 있었지만……."

"하지만 그 애들이 뭘 팔 건지는 몰랐다고?"

"아니, 그게 아니라……. 그 애들이 네 물건을 팔고 싶어 한다는 것도 알았어. 하지만 도울 생각은 전혀 없었어."

나는 내 진심이 전해지길 바라면서 침착하게 말했다. 일부러 그런 건 아니었지만, 모든 게 내 잘못인 듯해서 진심으로 미안했다. 어쨌든 발명품을 빌려 오라는 이야기까지 들었으니까. 무엇보다 내가 타일러에게 신발을 돌려주려고 하지 않았다면 일어나지 않았을 일이었다.

"내가 네 말을 왜 믿어야 해? 너는 모두가 널 좋아하도록 만들기 위해 진짜 모습을 감추고 다른 사람인 척 연기하잖아. 그래 놓고 이사 가게 되니까 널 좋아하는 친구를 쓰레기처럼 버렸지."

타일러가 차가운 표정을 지은 채 손가락으로 나를 쿡 찍었다.

"너는 스스로를 지키기 위해서라면 뭐든지 다 하는 애야. 다른 사람의 마음이야 어떻게 되든 신경 안 쓰지."

타일러의 딱딱하고 날카로운 말이 심장 한가운데에 푹 꽂혔다. 입이 열 개라도 할 말이 없었다.

드디어 반격 시작!

웹 사이트는 프로가 만든 것 같았다. 쌍둥이의 형이 마케팅인지 뭔지에 소질이 있다는 건 사실인 듯했다.

메인 페이지에는 타일러의 말대로 내게 줬던 날개 달린 바퀴신발이 걸려 있었다. 그 밑에는 이런 내용의 홍보 글이 달려 있었다.

날개와 바퀴를 달 시간!

관심 있는 분은 다음의 정보를 채워서 보내 주십시오.

이 멋진 신발이 출시되는 즉시 알려 드리도록 하겠습니다.

이삭과 리비는 타일러 대신 발명품을 팔려는 게 아니었다. 타일러의 발명품과 아이디어를 훔치려는 것이었다.

나는 웹 사이트를 닫고 아래층으로 내려가 엄마한테 여기서 살고 싶지 않으니 어서 이사를 가자고 말하려 했다. 그러면 더 이상은 책임감이나 죄책감을 느끼지 않아도 될 테니까. 하지만 머릿속에서 어떤 목소리가 나지막이 속삭였다.

'지금의 상황을 비겁하게 회피하려는 거야?'

다음 날, 학교에 가자마자 나는 곧장 쌍둥이에게 다가갔다.

"너희가 타일러의 신발을 훔친 거지?"

이삭이 아주 뻔뻔한 표정으로 두 손을 펴서 앞뒤로 뒤집어 보였다.

"훔치다니! 우린 그저 아무도 원하지 않는 물건을 발견해서 가져간 것뿐이야."

"아무도 원하지 않았다는 게 무슨 뜻이야?"

이삭 대신 리비가 씩 웃으며 대답했다.

"우연히 너랑 타일러의 대화를 들었거든. 너희가 신발을 서로 안 가져가겠다고 싸우니까, 우리가 대신 가져가서 좋은 곳에 쓰자고 생각한 거지."

"그 좋은 곳이라는 게 너희 웹 사이트라고?"

내 말에 이삭이 웃었다.

"어디서든 성공하려면 재빠르게 움직여야 하지 않겠어?"

"타일러의 아이디어를 훔친 거잖아. 그건 불법이야."

"음, 그건 좀 더 복잡한 어른들의 이야기인데……."

리비가 말끝을 흐리자 이삭이 뒷말을 이었다.

"혹시 특허권이라고 들어 봤니? 간단하게 말하면 특별한 권리 같은 건데, 우리 형 말로는 아무리 좋은 아이디어라도 특허를 받지 않았으면 누구든지 사용할 수 있대. 그런데 타일러가 마침 특허권을 신청하지 않았더라고."

"우리가 엄청 못되고 나쁜 아이들은 아니야. 그저 남보다 머리가 조금 더 잘 돌아갈 뿐이지."

리비가 끼어들었다.

"그럼. 우리가 괜한 억지를 부리는 것은 아니잖아. 형도 나중에 꼭 타일러한테 감사 인사를 할 거야."

이삭이 거드름을 피우듯 말했다.

"맞아. 타일러 덕분에 오빠의 과제가 해결된 거니까."

"형은 학교에서 좋은 점수를 받을 거야. 우리는 돈을 많이 벌 거고."

이삭과 리비가 번갈아 말을 주고받더니, 신이라도 난 듯 하이파이브를 했다.

"말도 안 돼. 그 웹 사이트는 닫아야 해. 너희가 가져간 신발도 타일러한테 돌려주고."

내 말에 이삭이 어깨를 으쓱해 보였다.

"그런 일은 없을 거야."

"아니, 반드시 그렇게 해야 할 거야."

이건 내가 할 수 있는 최선의 협박이었다. 하지만 둘이 깔깔대고 웃는 걸 보니 잘 먹히진 않은 것 같았다.

나는 두 사람을 말없이 노려보았다. 딱딱하게 굳은 내 표정을 보자, 쌍둥이가 웃음을 뚝 그쳤다.

"잭, 그렇게 심각한 일도 아닌데 왜 그래? 타일러는 만드는 방법을 아니까 다른 신발을 또 만들면 그만이잖아?"

"아니, 이건 심각한 상황이야. 그리고 타일러가 다른 걸 만들 필요는 없어. 너희가 그 신발을 곧 돌려주게 될 거니까."

나는 몸을 휙 돌리고는 타일러를 찾아 교실 밖으로 나섰다. 이삭과 리비의 말에 더 이상 끌려다니지 않을 참이었다.

한편, 타일러는 운동장 한켠에 앉아서 두꺼운 책을 읽고 있었다. 미간을 잔뜩 찡그리고서 눈을 벅벅 문지르는 게 여간 피곤해 보이지 않았다. 나는 타일러한테 슬그머니 다가갔다.

"타일러."

"내 말, 못 알아들었어? 너한테는 이제 관심 없다니까."

"미안해. 나 혼자 멋대로 판단했던 것이랑 전부 다……. 예전에도 전학이 정해지면 이렇게 극복했거든. 하지만 내가 쌍둥이한테 날개 달린 바퀴신발을 준 건 아니야. 물론 그 아이들이 신발을 가져가게 둔 건 내 잘못이지만……."

타일러가 나를 향해 있던 시선을 다시 책으로 돌렸다.

"친구를 사귈 때는 둘 중 하나야. 생길 수 있는 여러 어려움들을 감당하든지, 아니면 말든지. 나는 하는 쪽이고, 너는 하지 않는 쪽이야. 그래서 우리는 달라. 어쨌든 너에겐 네 방식이 옳겠지."

"아니야, 그렇지 않았어."

내가 쉽게 물러나지 않자 타일러가 한숨을 폭 내쉬었다.

"잭, 나는 이제 진짜로 신경 안 써. 지금은 그것보다 훨씬 더 큰 문제가 있단 말이야."

"특허권 얘기지?"

타일러가 고개를 번쩍 들었다.

"네가 그걸 어떻게 알아?"

"쌍둥이를 찾아갔거든. 신발을 돌려 달라고 하려고."

"괜한 짓을 했네. 그런 일은 절대로 없을 텐데. 이제 앞으로 일어날 일은 이삭의 형이 내 아이디어로 돈을 왕창 버는 것뿐이야."

"너희 부모님이 도와주실 수 없을까?"

"변호사를 고용하려면 돈이 많이 들 거야. 그러니까 도와 달라는 말을 꺼낼 수가 없어. 부모님은 나 말고도 신경 쓸 일이 많으셔."

타일러가 들고 있던 법전을 신경질적으로 탁 내려놓았다.

"이걸 읽는다고 뭐가 달라질까? 내가 할 수 있는 일은 아무것도 없는데."

한껏 의기소침해진 채 뭔가를 포기하려는 듯한 타일러의 모습이 매우 낯설게 느껴졌다. 그런 건 타일러가 아니라 내가 하는 거라고만 생각했다. 그래서 나도 모르게 불쑥 말이 튀어나왔다.

"내가 도와줄게."

"이건 네가 어떻게 할 수 있는 일이 아니야. 그리고 솔직히 내가 왜 널 믿어야 해? 그럴 이유가 전혀 없지."

맞는 말이었다. 타일러가 나를 믿을 이유는 없었다. 하지만 믿든 안 믿든, 내가 할 수 있는 일은 분명 있었다. 다만 그 과정을 제대로 마주할 수 있을지 자신이 없을 뿐이었다.

아빠는 늘 엽서 마지막에 '전화해'라는 세 글자를 덧붙였다. 하지만 전화를 건 적은 한 번도 없었다. 전화는 어색하고 힘들었다. 무슨 말을 해야 할지도 모르겠고, 무엇보다 내 말이 시시하고 지루하게 들릴까 봐 겁이 났다. 아빠가 나랑 이야기하고 싶지 않을 거라고, 지루한 통화가 얼른 끝나기만을 바랄 거라고 생각했다. 그러면 그나마 있던 용기마저 한순간에 사라져 버렸다.

하지만 타일러를 떠올리며 용기를 내 보기로 했다. 그동안 타일러는 다른 사람을 돕기 위해 발명품을 만들어 왔지만, 나는 나 자신을 보호하기 위해서만 행동해 왔다. 이제는 나도 타일러처럼 바뀌어야 했다.

아빠와 연락할 거라는 사실을 엄마한테도 말해야 할 것 같았다. 화를 낼지도 모르지만……. 그래서 마음을 굳게 먹고 엄마에게 어렵사리 말을 꺼냈다. 이번에도 엄마의 반응은 전혀 예상 밖이었다.

"아빠랑 다시 연락하겠다고? 잘 생각했어! 엄마는 그동안 네가 마음을 바꾸기만 계속 기다리고 있었거든."

"제가 아빠랑 연락하고 지내길 원했다는 뜻이에요?"

"그럼! 이제는 아빠를 용서해야지. 우리 관계도 다음 단계로 넘어갈 때가 된 거야."

엄마가 미소를 지으며 말을 이었다.

"당분간은 이사 갈 생각이 없으니까 지금이 딱 좋을 거야."

엄마 말이 맞았다. 나는 그동안 아빠에 대해 내가 했던 생각들을 모두 털어놓았다. 내 이야기를 듣는 엄마의 눈가가 촉촉해졌다.

"이런⋯⋯. 잭, 아빠는 그렇게 생각 안 했어. 정말 모든 게 다 네 잘못이라고 생각한 거야? 엄마랑 아빠가 헤어진 것도?"

"전부는 아니지만⋯⋯. 제가 조금 까다로워서 그런 게 아닐까, 생각했어요. 좀 더 얌전했어야 했는데. 아니, 좀 더 즐겁게 해 줄 수 있었는데 그러지를 못했다고요. 만약 제가 성가신 아이가 아니었다면 아빠가 더 오래 머무르지 않았을까, 하고⋯⋯."

나는 말꼬리를 흐렸다. 엄마가 재빨리 고개를 가로저었다.

"아니야, 잭. 아빠가 그만큼이라도 머무른 건 그나마 네가 있었기 때문이야."

엄마가 양손으로 내 얼굴을 감싸고서 내 눈을 가만히 바라보았다.

"아빠랑 엄마는 아주 어릴 때부터 함께였어. 다른 사람들처럼 성장하면서 많이 변했지. 그런데 그런 변화는 어릴 때만 겪는 게 아니더라. 시간이 지나면서 엄마랑 아빠는 점점 더 달라졌고, 맞는 곳이 없어서 부딪치기만 했어."

엄마가 나를 찬찬히 살폈다. 내 마음을 읽으려고 애쓰는 것 같았다.

"있잖아. 가족이라고 항상 같은 방향으로 가게 되는 건 아니야. 그래서 엄마랑 아빠는 떨어져 있어야 더 행복하다는 걸 인정했어. 그러니까 잭, 엄마랑 아빠가 헤어진 건 절대로 네 잘못이 아니야. 네가 무슨 생각을 했든 어떤 행동을 했든, 바꾸진 못했을 거야. 알겠지? 네 잘못은 하나도 없어. 엄마가 너를 사랑하는 만큼, 아빠도 여전히 너를 사랑해."

엄마의 말을 들으니, 날개 달린 바퀴신발을 신고 공원을 달렸을 때와 같은 기분이 들었다. 머리에 현기증이 나면서 내 힘으론 감당하지 못할 일이 벌어질 것 같은 기분, 진짜로 공중으로 날아오를 것만 같았던 바로 그 기분.

나는 지금까지 내가 좀 더 좋은 아이였다면 엄마랑 아빠가 여전히 함께 살고 있을 것이라고 생각했다. 하지만 그건 순전히 내 오해였다.

"엄마 잘못이야. 너한테 아빠 이야기를 많이 하지 않는 게 좋겠다고 생각했거든."

"……."

"이사를 자주 다니는 것도 신나는 모험인 양 너무 천하태평이었어. 어딘가에 얽매일 필요는 없다고 생각했는데, 그건 어디까지나 엄마 입장이었나 봐. 너는 한곳에 머물면서 사람들과 오래오래 어울려야 하는데 말이야. 지금은 그런 걸 배워야 할 때지."

엄마가 씩 웃으며 이마를 내 이마에 콩 부딪쳤다. 그러고는 몸을 일으켜 자리에서 벌떡 일어났다.

"다시 시작하기에 늦진 않았을 거야. 그렇겠지?"

"물론이죠. 당연히요."

그날 밤, 우리는 더 많은 이야기를 나누며 앞으로의 계획을 세웠다. 나는 타일러와의 일도 상담했다. 엄마는 일단 타일러가 내 말에 귀를 기울이도록 만들어야 한다고 했다. 나는 머리를 쥐어짰다. 내가 알고 타일러가 아는 가장 좋은 방법이 뭘까? 순간, 번뜩이는 아이디어가 떠올랐다.

다음 날 아침, 나는 여느 때보다 조금 일찍 등교했다. 그러고는 교실에 아무도 없는 걸 확인한 뒤 조용히 타일러의 자리로 갔다. 책상 위에 어젯밤에 만든 것을 슬쩍 올려 두었다.

드디어 타일러가 왔다. 자리에 놓인 상자를 발견하고는 눈썹을 위로 치켜올렸다. 그리고 나를 무표정하게 힐끗 쳐다보았다. 나는 타일러의 반응을 가만히 기다렸다.

타일러가 요란스럽게 의자를 뒤로 빼고서 자리에 앉았다. 책가방을 책상 위에 올려놓는 바람에 표정이 제대로 보이지 않았다. 발명품을 싼 포장지가 찌익, 하고 찢어지는 소리만 들렸다.

그리고 다음 순간, 피식하며 웃음소리가 새어 나왔다. 나는 웃지 않으려고 안간힘을 썼다. 하지만 태엽 소리와 챙챙 울리는 심벌즈 소리가 함께 들리자 도저히 참을 수가 없었다.

"대체 이게 뭐야?"

나는 그제야 고개를 돌려 타일러의 표정을 살폈다. 웃는 얼굴은 아니었지만 표정이 많이 풀려 있었다.

"내가 밤새 만든 '사과하는 원숭이'야."

타일러가 낡은 원숭이 장난감을 내려다보았다. 태엽을 감으면 양팔이 움직이며 정신없이 심벌즈를 두드리는 장난감

인데, 심벌즈 사이에 '미안해. 잘못했어. 용서해 줘.'라고 쓴 종이를 붙여 놓았다. 그래서 심벌즈가 벌어질 때마다 사과 문구가 보였다.

침묵이 이어졌다. 타일러는 한참 동안 사과하는 원숭이를 바라보다가 내게로 눈길을 돌렸다. 그리고 활짝 웃어 보였다.

"너는 안 되겠다. 발명은 나한테 맡기도록 해. 이의 없지?"

나도 활짝 웃었다.

"그래, 좋아."

그다음 쉬는 시간에 나는 타일러한테 우리 아빠가 무슨 일을 하는지, 타일러의 문제를 어떻게 해결해 줄 수 있는지 말했다.

"헉! 진짜?"

타일러가 전기에 감전된 것처럼 온몸을 부르르 떨더니, 자리를 박차고 일어났다. 예상보다 격한 반응이었다.

"너랑 다시 친구 하면 좋은 일이 생길 거라고 좀 일찍 말해 주지 그랬어! 그러면 진작에 화를 풀었을 텐데……."

타일러가 능청을 떨며 내 팔을 툭 쳤다. 우리는 깔깔대며 시끄럽게 웃었다.

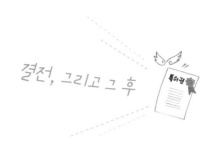

결전, 그리고 그 후

나와 타일러는 쌍둥이를 어떻게 혼내 주면 좋을지 먼저 계획을 세우기로 했다.

"자기들이 직접 만들었다니! 어쩌면 그렇게 뻔뻔할 수가 있지?"

타일러가 분노에 찬 목소리로 말했다.

"그 애들이 나인 척하면서 아무렇지도 않게 설명을 달았다는 게 제일 어이없어."

"음……, 나도 전학 갈 때마다 다른 사람인 척했어."

"그건 다르지. 남의 노력을 네가 한 것처럼 포장한 건 아니잖아. 단지 돈을 벌려고 다른 사람의 아이디어를 훔친 것도 아니고."

타일러의 눈빛이 번뜩였다.

"설마? 만약 그랬다면, 너는 정말 형편없는 쓰레기……."

"야! 그 정도는 아니거든!"

와하하, 웃음이 터져 나왔다. 다시 서로를 놀릴 수 있게 되어서 정말 다행이었다.

"자, 그럼 쌍둥이랑 붙을 준비는 됐지?"

"물론이지. 더는 못 기다려."

나는 쌍둥이한테 타일러가 앞으로의 일을 상의하고 싶어 한다고 전했다. 두 사람은 타일러가 자기들을 인정해서 한배를 타기로 결정했다고 믿을 터였다. 물론 그것이 바로 우리가 의도한 바였다.

우리는 수업이 끝나자마자 쌍둥이와 마주했다. 두 사람의 얼굴에는 만족스러운 미소가 가득했다.

"좋아. 이제는 동업자인 셈이네."

이삭이 말을 이었다.

"그 전에 몇 가지를 확실히 하자. 우리 형이 지금 신발의 특허 신청을 준비하고 있거든. 하지만 다른 발명품을 넘긴다면

조건이 달라질 수 있겠지. 어쨌든 너랑은 좋은 관계를 유지하고 싶거든. 너는 우리 취향에 딱 맞는 물품 공급자니까."

그 뻔뻔한 말에 타일러가 콧방귀를 픽 뀌었다.

"유일한 물품 공급자겠지. 내가 원한 건 아니지만 말이야. 아무튼 더 이상 너희한테 줄 건 없어. 해 줄 이야기만 있지."

심상치 않은 분위기에 쌍둥이의 미소가 희미해졌다.

"자세한 얘기는 잭이 해 줄 거야."

"무슨······?"

쌍둥이의 표정이 점점 더 어리둥절해졌다.

"내가 좋은 소식을 몇 가지 가져왔거든. 사실 우리 아빠는 변호사야. 그것도 특허권 전문 변호사. 정말 끝내주지?"

"아······, 정말 끝내주는군."

이삭이 내 말을 나지막이 따라 했다. 꼭 잡아먹으려던 쥐에게서 거대한 독니를 발견한 뱀 같았다. 옆에 선 리비도 미끈거리는 슬라임을 꿀꺽 삼켜 버린 듯한 표정을 지었다.

"게다가 이미 타일러의 발명품에 특허 신청을 진행 중이서. 그동안 만든 것들을 전부 진행할 예정이야. 아! 날개 달린 바퀴신발을 가장 먼저 했어."

"설마······."

"맞아. 너랑 리비가 교실에서 훔친 다음, 타일러한테 물어보지도 않고 웹 사이트에 올린 그 신발 말이야."

나는 마지막으로 쐐기를 박았다.

"사람들이 아이디어를 훔치지 못하도록 막는 법이 있다니, 참 재미있지 않니? 물론 그런 법이 있다는 걸 안 건 너희 덕분이야. 너희도 잘 알고 있겠지만, 성공을 하려면 빨리 움직여야 하잖아?"

이삭과 리비가 소리를 꽥꽥 지르며 흥분해서 날뛰었다. 그러든지 말든지, 다음의 세 가지는 확실해졌다. 첫째, 타일러와 나는 다시 친구가 될 것이다. 둘째, 리비와 이삭, 그리고 쌍둥이의 형은 더 이상 부자 되기 프로젝트를 진행하지 못할 것이다. 셋째, 아빠는 여전히 내가 의지할 수 있는 사람이다.

아빠에게 타일러의 일을 상의하면서, 자연스레 모두에게도 사건의 전말이 전해졌다. 엄마는 곧장 타일러의 부모님한테 전화를 걸었다. 타일러 아빠는 담임 선생님한테 소식을 전했고, 담임 선생님은 쌍둥이 부모님한테 전화를 했다.

어른들은 한자리에 모여 한바탕 소란을 일으켰다. 나는 쌍둥이에게서 날개 달린 바퀴신발을 돌려받았고, 이삭과 리비의 형은 '바퀴와 날개' 사이트를 패쇄했다. 그리고 이삭과 리비에게는 '투덜이 마크 석 달 시청 금지령'이 내려지면서 사건이 얼추 정리되었다.

쌍둥이는 한동안 모두에게 보이지 않길 바라는 것처럼 얌전했다. 동영상을 못 본 탓인지, 소리 높여 수다를 떠는 일도 없었다. 어떨 때는 너무 조용해서 투덜이 마크에 대해서 얘기하던 목소리가 그리워질 정도였다. 특히 우리와는 눈조차 마주치지 못해서 서먹하기가 그지없었다.

"자, 이제 이 어색함을 풀어 보도록 하자."

일주일이 넘게 지나도 풀리지 않는 이 이상한 분위기에 결국 담임 선생님이 타일러랑 나를 호출했다.

"선생님도 두 사람이 잘못했다는 건 아는데, 이제 그만 용서해 주는 게 어때?"

우리도 선생님 말에 동의했다. 그때를 생각하면 여전히 열받지만, 한 반에서 이런 상태로 계속 지낼 수는 없었다.

"저도 이 정도면 됐어요. 요즘에는 잭하고 노느라 바빠서 더 이상 신경 쓰고 싶지 않거든요. 훔쳐 간 신발도 돌려받았고요."

"너희가 너그럽게 이해해 주니 정말 고맙구나. 학생 두 명이 저렇게나 불행해하는 교실에서 수업을 계속할 수 있을지 엄청 걱정이었거든."

선생님이 과장되게 가슴을 쓸어내렸다.

"하긴, 쌍둥이도 안됐긴 해요. 석 달이나 투덜이 마크를 못 보게 됐잖아요. 만약 누가 저한테 석 달 동안 발명을 하지 말라고 하면…… 으으, 생각만 해도 끔찍해요."

타일러의 말에 선생님이 좋은 생각이라는 듯 소리쳤다.

"그거야! 좋은 생각이 떠올랐어. 쌍둥이에게도 뭔가를 만드는 즐거움을 가르쳐 주고 텅 빈 마음을 채우게 하자."

선생님의 아이디어는 정말로 대단했다. 학교에 있는 태블릿 PC를 전부 모은 뒤, 레고와 어플리케이션을 이용해서 짤막한 스톱 모션 영화를 만드는 방과 후 교실을 연 것이다.

이삭과 리비는 금세 푹 빠져들었다. 그 아이들은 자기들이 만든 캐릭터에 '우울한 마크'라는 이름을 붙이고, (타일러는 "저런 아이디어는 대체 어디서 얻는지 모르겠어."라며 투덜거렸다.) 투덜이 마크에게 그랬듯이 온 관심을 쏟아부었다.

이삭이 진지하게 말했다.

"역시 사람은 실체가 있는 뭔가를 만들어야 해. 돈은 쫓는 게 아니야. 문제만 일으키는 아주 사악한 거니까."

"그래? 그럼 부자 되기 프로젝트는 이제 포기한 거야?"

내가 싱글거리며 묻자, 이삭의 얼굴이 붉어졌다.

"큼큼, 그건 좀 어렸을 때의 생각일 뿐이야. 누구에게든 크리에이터가 되고 싶은 마음이 있다고. 바로 타일러처럼."

이삭의 말뜻이 뭔지 알 것도 같았다. 나 역시 한때는 타일러처럼 되고 싶었으니까. 하지만 요즘엔 이런 생각이 들기도 했다. '그냥 나'로 있는 것도 괜찮겠다고.

그래서 나는 셜록 코드대로 행동하는 습관을 고쳐 나가고 있다. 타일러가 종종 주변 사람들을 그토록 조심스럽게 대하지 않아도 된다고, 그리고 내 생각을 말할 때는 다른 사람의 눈치를 살필 필요가 없다고 일러 주기도 한다. 익숙해지려면 시간이 더 필요하겠지만, 어쨌든 열심히 노력하는 중이다.

오늘은 일 년 만에 아빠를 만나는 날이다. 마지막 만났던 날처럼 온몸이 긴장감으로 가득했다. 하지만 초조하고 메스꺼운 기분은 아니었다. 마음이 살짝 들뜨는, 기쁜 긴장감이었다.

자석판에 붙여 둔 아빠의 엽서가 눈에 들어왔다. 아빠 집

사진이 붙은 그 엽서였다. 엄마랑 아빠는 나한테 집이 두 개 생긴 걸로 생각하라고 했다. 그래서 오늘은 두 번째 집을 보러 갈 예정이었다.

문 두드리는 소리가 났다. 나는 숨을 깊이 들이마시고 현관문을 열었다. 문밖에 파란색과 하얀색 줄무늬 목도리를 두른 아빠가 함박웃음을 짓고 서 있었다.

"잭, 잘 지냈니?"

"네, 아빠."

아빠가 두 팔을 크게 벌려 나를 껴안았다. 얼마나 세게 안았는지 두꺼운 옷 아래로 아빠의 심장 박동이 느껴질 정도였다. 힘차고 빠르게 뛰는 게 나랑 똑같았다.

"얼마나 보고 싶었는지 알아?"

아빠가 내 귀에 대고 속삭였다. 나는 쑥스러워서 그냥 고개만 끄덕이려다가 용기를 내어 말했다.

"저도 아빠가 엄청 보고 싶었어요."

아빠가 나를 더 힘껏 안았다.

"그랬구나. 그러면 다시는 이렇게 오랫동안 보고 싶어만 하면서 시간을 보내지 말자. 알았지?"

"네."

지금 이 순간, 누군가가 내가 원하는 대로 어느 곳으로든
보내 주거나 어떤 모습으로든 바꿔 준다고 해도 절대 그렇게
하지 않을 것이다.

나는 '그냥 잭'이어서 행복하다.

나, 오늘부터 그냥 잭

첫판 1쇄 펴낸날 2019년 8월 19일
3쇄 펴낸날 2020년 7월 13일

지은이 케이트 스콧 **그린이** 정진희 **옮긴이** 이계순
발행인 김혜경 **편집인** 김수진
주니어 본부장 박창희
편집 길유진 진원지 문새미
디자인 전윤정 정진희
마케팅 이상민 이혜인
경영지원국 안정숙
회계 임옥희 양여진 김주연

펴낸곳 (주)도서출판 푸른숲
출판등록 2003년 12월 17일 제406-2003-000032호
주소 경기도 파주시 회동길 57-9, 우편번호 10881
전화 031) 955-1410 **팩스** 031) 955-1405
홈페이지 www.prunsoop.co.kr **이메일** psoopjr@prunsoop.co.kr

ⓒ 정진희, 2019
ISBN 979-11-5675-244-8 44840
978-89-7184-419-9 (세트)